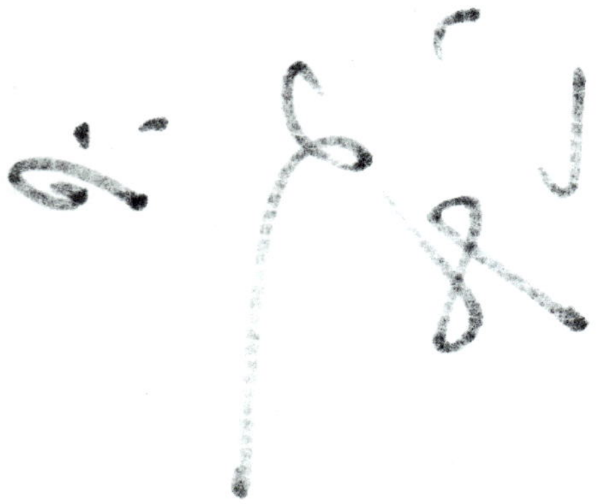

我们阅读
WOMENYUEDU
魅丽文化
花火工作室

《我们“混”在一起》由《花火》杂志（B版）编辑团队打造，是集友情、梦想、励志、搞笑于一体的叙事合集。本书收录与整合了往期《花火》杂志（B版）的人气栏目内容，以新鲜、诙谐的方式向读者呈现编辑部工作及编辑生活。

百花洲文艺出版社
BAIHUAZHOU LITERATURE AND ART PRESS

图书在版编目（CIP）数据

我们“混”在一起 / 朵爷编. -- 南昌 : 百花洲文艺出版社, 2018.12
ISBN 978-7-5500-3117-3

Ⅰ. ①我… Ⅱ. ①朵… Ⅲ. ①杂文集－中国－当代 Ⅳ. ① I267.1

中国版本图书馆 CIP 数据核字（2018）第 263532 号

我们“混”在一起

朵爷 编

出 版 人	姚雪雪
责任编辑	郝玮刚
特约编辑	刘 杉
封面设计	苏 荼
出版发行	百花洲文艺出版社
社 址	南昌市红谷滩新区世贸路 898 号博能中心 A 座 20 楼
邮 编	330038
经 销	全国新华书店
印 刷	湖南凌宇纸品有限公司
开 本	787mm×1092mm 1/24
印 张	12
版 次	2018 年 12 月第 1 版第 1 次印刷
字 数	225 千字
书 号	ISBN 978-7-5500-3117-3
定 价	38.00 元

赣版权登字 05-2018-499

网 址 http://www.bhzwy.com

目 录

CONTENTS

目 录

CONTENTS

目 录

CONTENTS

目　录

CONTENTS

我们的
小　美　好

——在平凡生活里发生过的
那些美好的小事

“我们的小美好”是《花火》杂志（B版）的开封栏目——打开封面第一眼看到的栏目（广告不算）。

就像栏目名一样，“我们的小美好”意在分享平凡生活中发生过的那些美好的小事。每期由主持人抛出一个话题，大家参与互动，讲述与之相关的故事。

然而，一旦翻开一篇真正的“小美好”，却会发现……

本栏目常驻嘉宾及主持人

Part1. 三巨头 ▷▶▷

朵爷：资深编辑，图书策划人，《成人礼晚点》作者之一。

是常常收到读者告白“我是看着你的杂志长大的”，放出照片则会让人怀疑谎报年龄的蓝朵朵；是成熟犀利的《花火》B版主编，也是幼稚爱闹的B组组长；更是每期的“小美好”拖稿第一名——拖稿理由有：我要边写互动边审查其他人的内容；我要知道别人在“小美好”里都说了我什么坏话；哎呀，我的大脑还没有启动，它需要开机时间……

新浪微博 | @ 朵爷

小锅：资深编辑，图书策划人，《飞·言情》主编。

出身于江南富贵人家的仙女炒菜爱放糖，却在年少时来到长沙这个无辣不欢的城市。十三年过去了，她和(前)蓝朵朵(现)朵爷由同系室友成为多年同事，也从少女双双变成……美少女。美妆、时尚和料理无一不精的她，在我们“小美好”界一度被誉为领头羊，然而最近也正在渐渐堕落成好友们那样的拖稿怪。

新浪微博|@小锅Loli

丏小亥：资深编辑，图书策划人，《成人礼晚点》另一位作者。

原《萤火》主编，原《花火影像》主编，现《花火彩版》B版主编……无论经历过多少次的杂志改版，他依然是那个喜欢在“小美好”中为大家卖力表演的微胖男孩。偶尔他会陷入回忆（或是想象），怀念那个还瘦时英俊潇洒的自己，经常看似不经意地爆料朵爷和小锅，有时还会很生硬地在互动中打一打《成人礼晚点》的广告。

新浪微博|@丏小亥

Part2. 四小花

夏沅：《花火》B版编辑，畅销书编辑。

寄居在南方且嗜辣的北方少女，在江湖以“凶”和“美”闻名。初识时擅用甜度满分的笑容使人放松警惕，与之亲近；熟悉之后便会暴露本性，以凌厉的眼刀作为第一武器，叫人心惊。从“小美好”中夏沅自述的一些故事来看，能够震慑住夏沅的，还是只有夏沅她妈。

新浪微博 | @Hey 夏沅

张美丽：《花火》B 版编辑，畅销书编辑。

作为“我们的小美好”栏目主持人之一，张美丽拥有许多美好的特质，是一个文艺的浪漫主义者，比如受到一部电影的感动，便买了一架钢琴并着手学习。这样的她，却在“小美好”中或嘶吼、或哭诉，展示了一个不一样的张美丽。

新浪微博 | @ 俗艳少女张美丽

叉叉：《花火》B 版编辑，畅销书编辑。

总被读者误会性别的叉妹，是一位拥有两副面孔的年轻人。因为睡眠不足看上去总是精神不振，其实是对生活充满兴趣，并同时报读三个学习班的热血小青年。作为“我们的小美好”栏目的另一位主持人，由于敬业而催稿过度，叉妹最终被恼羞成怒的朵爷取消主持资格。

新浪微博 | @ 没有圈圈的叉叉

王小明：《花火》B 版编辑，新晋图书编辑。

承接各类互动栏目主持活动的神秘人王小明之所以叫王小明，是她刚加入花火 B 组时众人一致决定的。原本“王小明”只是王小明众多网名中最不起眼的一个聊天软件昵称，但现在她表示已完全喜欢上了这个名字，另：最初因不满此艺名而准备的其他三十八个编辑名在组内被流传并耻笑至今。因后期才加入 B 组的缘故，王小明在“小美好”中出镜较少。

新浪微博 |@ 橡皮面包王小明

（前四小花成员）琴子：前《花火》B 版编辑，现为人民教师。

我们都有 不为人知的小美好！

主持 /
新来的张美丽

写下这个标题的时候，本主持内心都是颤抖的！你知道，作为一个专业卖丑十四年的编辑团队，往日里大家的形象是个什么鬼样子……为了公司形象，我还是不说了。

所以，当朵爷浑身燃烧着能量小火苗咆哮：“我们要做一期史上最贴近栏目主题的话题！”然后抛出这个题目的时候，本主持整个人都蒙了！

小！美！好！

这么清新的词汇，组长你确定公司除了食堂大师傅还有其他人能跟它沾边？！啊，大师傅也不行！毕竟他曾经干过把肥肉做得像土豆，还和真土豆炒在一起的龌龊事，骗我吃了两块胖了三斤！！可耻！！！

小锅：我是会做饭的仙女

一般大家提起小锅，印象几乎都是“哦那个口味略重的妹子”“哦那个一边走一边掉粉的妹子”“哦那个每天上班都迟到的妹子”……摔，怎么可能没有其他优点呢，黑夜给了你们黑色的眼珠子，你们却这么眼瞎？（泣不成声）

其实我除了美貌，厨艺也很不错啊，能在公司这么多年屹立不倒，就是因为每次组长想想我做的菜，就舍不得开除我哒。

回想自己下厨的美好时光，那个时候朵爷和丐胖他们都抱有一种“小锅不做饭，我们就饿死”的心情（我编的），想要我做顿饭，还得提前查看天气预报。因为我说，下雨天不做，下雪天不做，天太热不做，天太冷也不做……简直就是厨房里挥着锅铲的女王大人。

可是每每想到，像我这么会做饭的仙女，却一直没有嫁出去，就想给自己造块纪念碑！

丐小亥：BOSS（老板）也美不过我……

在编辑部这么多年了，一直备受侮辱……一开始大家喊我名字，后来渐渐地就称呼我为胖子，潜移默化之中，我竟然心甘情愿地接受了……然而最近竟然有同事在 QQ 上跟我说：“你不要在办公室走来走去啊，我还以为是 BOSS 来了呢！”……这位同事，你给我讲清楚，我的美是 BOSS 能比得上的吗？（BOSS，毕竟你也大我十多岁……）

这个世上最能理解我的美的应该是可人儿小锅吧。那天早上，我在楼下粉馆遇到了小锅，小锅马上热情地跟我打招呼：哟，吴组长下来吃粉啊！我愣了一下，朝身后看了一眼，以为奇幻事业部的吴晓波组长在呢。结果没人，我就纳闷地看着小锅。小锅翻了个白眼，一脸不争气的表情对我说："你长得这么像吴彦祖，为什么就不愿意承认呢？！"

小锅，真是一个心性单纯、眼力极好的小姑娘啊。同样都在编辑部，那些认为我和BOSS长得像的人为什么不跟小锅一起来保护视力呢？我不懂，真不懂。

朵爷：教你们防身十八招！

作为一个美到骨髓的"小崽子"，我此刻只想和大家讲一下自己坎坷的人生经历……

有一个周末，天刚刚亮，我还在睡觉呢，就有一个人砸我家门，一边砸一边喊："有人吗！有人吗！"从对方浑厚的男中音和孔武有力的动静中，我可以断定他一定是一个精壮的年轻男子！

干什么哟！吓死宝宝啦！是想谋财吗……我根本没有钱！所以！天啊！是觊觎我的美色！

我瑟瑟发抖地捂住被子，屏住呼吸……只能装死……

可是对方特别坚持，砸门都带上了节奏，声音还越来越大了呢！

我快哭了！躺在床上深深反思：唉，怪我过分美好！以后出门真的不能再洗头了，也尽量不要在光天化日下扶老奶奶过马路哒！太容易招人疼爱！进而因爱生恨！

很快，我意识到装死没用，还是要有所对策，只好轻飘飘地下了床（丐小亥：

你是鬼吗？），先去猫眼看一下对方是不是长得很帅……结果……呵呵，我忘记了我的身高根本够不着猫眼……

于是，我环顾四周，把家里的水果刀、菜刀、铁锤子、扳手、锅铲都兜到了怀里、放到了桌边，再顺便做了几个热身动作！嗯，要开战了？！

我特别凶地喊：“哪个？你是哪个？！”

对方沉默，咚咚咚！

我又喊：“你谁啊！说话啊！”

对方还是沉默，咚咚咚！

我抡起了锤子：“再不说，我报警了啊！……我、我可是练过的！”

又是一阵静静地等待，对方终于出声了……

“你开门好不咯！我是顺丰的咧！你快递不要了是吗？！”

妈哟！原来是快递小哥！来得也忒早了吧！快进来快进来！——我扔掉武器，热情地打开了门。

小哥黑着脸可不开心了：“美女哎！我在外面等了十几分钟了咧！给你咯！你的刮毛四件套！”

…………

（张美丽：朵哥，你跑题了吧……）

（朵爷：没有啊！你没发现这个故事展现了我的美貌与智慧？）

（张美丽：对不起我只看到了刮毛套装……）

叉叉：
俯卧撑做起来！

大学毕业前吧，我对未来找男朋友这个事一点都不上心，加上我爸妈也觉得我还小，于是我就在大学纵马奔腾了好几年，临快毕业的时候忽然觉得有点不对劲……怎么这么多人就要结婚了呢！怎么天天有人让我交份子钱呢？！我忽然陷入了一种恐慌——我的份子钱还回来得了吗？

这种恐慌一直伴随着我进了魅丽①这个百多个妹子的窟……呵呵，彻底崩盘了。有天晚上，我看着首页满屏虐狗，忽然悲从中来：未来的男朋友啊，如果你在看的话，我可以陪你打游戏，陪你看恐怖片，给你开瓶盖，给你提行李，给你换灯泡，给肩膀让你靠，我体育课俯卧撑还是 A+，还不行的话，你要是崴了脚，我也是可以背你走的啊！……我这么多不为人知的小美好啊！暗恋我的人怎么就那么沉得住气！

主持人发言：呵呵，感谢以上为了出镜强行来答的各位！虽然隔着屏幕都感受到了你们演技的浮夸与做作……

（微博观光团）

@丐小亥

常常深夜发问：我胖吗？一想到只能是自问自答，潸然泪下。

@俗艳少女张美丽 评论：难道不是背后有回答声更让人潸然泪下吗……#一个恐怖故事#

① 湖南魅丽文化传媒股份有限公司

主持 / 张美丽

赚钱初体验——劳动的小手永不抖！

每个写互动的日子，张美丽和叉叉两个写互动的美人儿都要上演一出“执手相看泪眼，竟无语凝噎”的戏码，因为……写不出来……互动主题要被朵爷毙掉拔(八)百次。就在刚才，张美丽终于艰难地定下了“人生第一桶金”的主题。坐她旁边的人儿过来瞄了一眼，看到标题后给了她一记重创——“永不抖……这是帕金森吗？”

……叉叉，请你出去。

朵爷：爱赚钱的小女孩

本来我想写“从五岁开始就在村里收破烂赚钱成为全村环保大使”的故事……我的组员告诉我：“你以前写过啦！”

后来我又想写“八岁起烈日炎炎下推着泡沫箱卖冰棍，瘦小身体撑起一片天”的励志事件……我的组员又吼我：“这个你也写过了！”

……要怎样！纵横互动界十来年……我的人生已经没有东西可以和你们倾诉了吗？！

我不信！我编也要编一个给你们看！（啊，不要当真……）

（想了一个小时……）

在我七八岁的时候，我们村有一个小诊所，大家经常和里头的医生小哥谈心（啥？），探讨的方向很广阔，从“这味中药好好吃哦”到“那味药看上去挺值钱吧”……

聊着聊着，一帮“小崽子”就疯起来了！

夏天，中午过后！四十几度的天哦！光脚踩在地上都快烫出泡来的天哦！家里的亲戚们都在床上打呼，我们几个就挎着小篮子出门了……

那可真正是，披荆斩棘，爬山上树，不畏艰难，中华的好儿女，人民的小英雄……（够了！）

到天黑的时候，我们汗流浃背，晒得全身通红，但止不住脸上幸福的笑容，挎着小篮子下山了……

接下来的画面是，小哥数着我们小篮子里的货，开始给钱——“好啦，你五毛。”“你八毛。”“哎哟你有一块哦！”

我就是那个一块！

好感人哦，泪流满面哦，人生第一次觉得，树上丑巴巴的蝉壳壳，那么美哦，美过我……

咦，突然想到，我小时候还做过鞭炮赚钱……这么爱赚钱的女孩子，怎么还没有发财？！

丐小亥：你知道什么叫亥式笑容吗？

年幼时，我曾被老妈逼着“你不去卖完这捆韭菜，以后我就给你买女装”……

结果，泪眼婆娑的我卖完韭菜后，就成了我们镇的当日热门话题“×村第一萌正太为攒学费上街卖韭菜”……唉，外界都不清楚，长得好不一定代表命好……

我也曾一度以为自己可以靠颜值吃饭，后来在大学饿得吃不起方便面时，我才明白，我好像长残了……只能自力更生出去做兼职！

好在人缘不错，有个学姐给我介绍了一个卖手机的活儿！哎呀，卖手机，站在柜台前跟人推销手机，大家看着我明媚的笑容一定会：买买买！哈哈哈，那个晚上我对着镜子笑了三个小时，终于找到了自己最迷人的笑脸！

第二天，我蹦蹦跳跳地走向了卖场，还没展示我最美好的笑容，负责人就丢给我一摞传单：“你出去发完。”呃，等等，我长成这样，不站柜台可惜了吧，啊？

负责人没理我，我想，他一定是在考验我！我就卖力地发传单，很快发完了传单，去找负责人。就在负责人又打算把一摞传单递给我时，我一把拦住了他的手，严肃地问道：“你是不知道我的笑容有多迷人？”

然后，我就对着他粲然一笑，标准完美的亥式笑容。

之后的六天，我还是一直站在太阳底下发传单。收到工资的那一天，我去了对面的化妆品柜台，买了一些美白的东西……好像还倒贴了几十块……

如果当年我坚持卖韭菜，说不定被人拍到上传到网上，也能成为“韭菜王子”呢……唉！生不逢时……

小锅：
我的爸爸是英雄！

大学刚毕业时，从小就怀揣着演员梦的我，靠关系混进了横店影视城做特约演员，比群众演员高一个等级，不仅可以和主演们用同一间化妆室，连盒饭都多一个荷包蛋（好吧，这个不重要）……第二天进剧组，是部民国剧，主演是我国著名清纯系女演员。

即使我穿着散发着一股臭味的旗袍，插了一头塑料花，脸上抹着两坨妖艳的腮红，眼皮上擦着紫色的眼影……也掩盖不住我激动的心情！啊，此刻仿佛已经看见自己正缓缓地走向“最佳女主角”的领奖台！

不一会儿，这种激动的心情就在等戏的无聊枯燥中慢慢消散了——早上八点就来了，等到下午六点都还没轮到我们的戏。天气很热，又在室外，一身的汗，妆都补了八回。那天拍到晚上十二点才结束，领了一百块钱回家，整个人腰酸背痛，做演员真的太辛苦了。

后来这部剧开始播了，我抱着电脑看了很久很久很久，终于在一堆插着塑料花的演员中找到了自己！我以为我是背景演员里最美的，现在才发现，我是那群人中最矮的……

这一刻，我的演员梦彻底碎了。

后来我爸爸看我做演员太辛苦，给了我几万块钱开服装店，这才真正是我人生中的第一桶金。

张美丽：
你们失去了一位大作者！

我的第一桶金是在高三那年暑假中挖的，为了展现自己本体和脸蛋一样看起来持家又贤惠，我拉着闺密屁颠颠地去找暑假工，结果老板们都不要我俩哦！原因居然是……他们嫌弃我长得美！嫌弃长！得！美！那个四十来岁身宽体胖手腕串佛珠的笑呵呵的中年秃头男子，他跟我说：“你要是来了，那我们的男员工都光顾着看你去了，哪还有心思上班哦！”我……老板你这是什么意思！瞧不起我们美少女吗？！不想要就直说！不要侮辱我的美！

然后我就……开心地……拉着闺密跑了……对不起我太肤浅了。后来我的老同学实在看不下去，帮我们在星级酒店找了一份端盘小妹的工作，那是我人生中最……心酸的一个暑假。和同事们挤在一间十张床的宿舍里，每天干十一个小时的活儿，累到醒来睁开眼的第一件事就是想哭，一个月下来拿了……八百块。不，我要说的第一桶金是下面这个！

在那样心酸艰苦的环境里，我依然未被困难打倒，不屈不挠地写了一篇稿投到这家酒店的公司内刊上（好了，其实是被强制写的……），然后有了我人生第一笔巨款稿费——三十块！本来我是要裱起来激励自己多多写稿的，但是他们好过分的，因为我人不在就把稿费充公了，哼！所以失去了激励的我就没写了（不要找借口！）……不然你们就能多看见一位貌美有才的大作者了……

夏沅：
论吃货是怎样败光第一桶金的……

当年高考刚结束，我妈就开始反复暗示我：再不攒嫁妆就嫁不出去了哦！于是在我妈的授意下，我开始了漫长的攒嫁妆……哦不，勤劳致富之路！

第一桶金是在一家快餐店赚的，为了表示我对这份工作的重视，上班第一天我还特意早起化了个美美（并没有）的妆：绿色的眼影、浮夸的眼线、重到眼皮都抬不起来的超长假睫毛。结果……可想而知，上班第一天我就被店长“请”到卫生间强行卸了妆！

后来慢慢和大家熟悉起来了，没有了最开始的腼腆，我每天做得最多的事就是偷偷溜到前台：买东西吃！

今天吃份鸡米花，钱从工资里扣！明天吃份冰激凌，钱从工资里扣！后天喝杯冰可乐，钱从工资里扣！后来的日子里，我又陆续吃了炸鸡、炸薯条、奶黄包、豆沙包、南瓜饼……

发工资那天，我拿着账单和扣完仅剩的二百块钱，站在风中彻底凌乱了！

店长，真的没有搞错吗？这些真的都是我吃的吗？我不信！！！

琴子：经理，我真的不是来砸招牌的！

作为一个从小被爸妈宠上天的小公主，我爸对我说得最多的一句话就是：“钱不用你挣，你只要把书读好就行了！”

尽管那时的我是一个有着百元身家的“富豪”，但是谁都休想阻止我体验生活的决心！在邻居大姐姐的推荐下，我很快就如愿来到了一家老字号小吃店，开始了自己的打工生涯。

因为是第一份工作，为了在经理面前表现出我对这份工作的热爱，每天早会当经理说“早上好”时，我都会用最大的声音回应：“好！很好！非常好！”

连隔壁米粉店的老板都忍不住探出头来看我（虽然他眼神有点奇怪……）！经理更是被我的士气鼓舞，对我委以重任，每次都把最重要的接待任务交给我！

为了不负众望，我越来越努力，虽然经常茶壶不知不觉就摔到了地上，菜上错桌（菜可能长了脚），账单也被算错（没错，我体育老师教过我数学）……终于在一个风和日丽的下午，经理缓缓从兜里掏出四百块钱递给我，语重心长地说："小琴啊，你还是先回去好好上学吧，再这样下去，我老字号的招牌怕是要被你给砸了……"

唉，有什么办法呢，可能我这个人天生就是公主命吧！

主持人发言：没想到大家都是赚钱小能手哦，年纪轻轻就这么持家能干，BOSS 真是好眼光！只是……这么勤劳的我们为什么还没有……发财？生气！

（微博观光团）

@朵爷

……看稿子看得胸痛……太多了！#本条来自一个悲伤boy（男孩）的客户端#

@你好2015我叫雷雷吴 评论：痛的同时还不忘记欺骗我们说你有胸。

朋友！你站出来！

主持 / 张美丽

在编辑部，“同事情”一直是个很特殊的话题，因为每天发生在这里的不是互帮互助互相赞美（吹捧），而是……相爱相杀……

丐小亥：伤害让我们变得更加彼此依赖

在编辑部一待就八年，现在每次写互动都有种在写回忆录的感觉……

岁月如梭……年近三十的小锅从大脸妹变成（只允许我们叫她）小仙女，美得不可方物，但依旧是单身，很多男同事因为得不到她的爱而黯然离职，她说神仙和凡人不能产生感情……

矮妹……朵爷一直没有变高，上次体检又矮了三公分，却频频在公共场合大声叫嚣："你们这些一米五的人哦（她一米五三点五……），冬天不戴个帽子怎么出门啊！（她偷偷开了一家淘宝店，进了十二顶帽子，卖了一个月，还剩十一顶，唯一卖出的一顶在她自己头上……）"

近几年啊，我又在财务部结交了一位闺密……每天过去嘘寒问暖，尤其在要发工资时……都会去问她："今天会发吗？……"突然有一日，我找不到她了，才知道她回家待产了。唉，没有想到相知这么多年，她连自己怀孕的事都不告诉我。人情淡薄，她的孩子喊我哥哥还是叔叔呢……（发工资时都不知道问谁了！心底空落落的……）

这阵子，小锅和朵爷两位小美女（被逼的）突然夸我是个瘦子，我说，你们瞎了眼吗……她俩回答道，新闻上说结了婚的男人都会变胖，你是单身所以是个瘦子……呵呵，编辑部怎么可能会有爱，从来都是彼此伤害……而伤害反而让我们变得更加彼此依赖……（年纪大了，容易煽情……）

小锅：我的同事都是可爱善良的好同事！

刚来公司的时候，朵爷刚整完容（摘了牙套），丐胖还不是魅丽污王，第一次见面还夸我隐隐有男子气概，连"可爱"这种大众点评都讨不到一句。

不过，公司里还是有慧眼识仙女的人——那天是我生日，一位新来的男同事突然在 QQ 上敲我，一来就激动地打出五个感叹号："你居然是射手座！！！！！"

我颤抖地回复："发生什么事了吗？"

男同事激动得像只跳蚤："刚才看见你的签名，知道你今天生日，觉得终于有借口跟我暗中仰慕很久的小锅锅搭讪了而已。”最后还发出一声感叹，“啊，真恨不得小锅锅天天都过生日啊！”

…………

隔天，这位男同事又在 QQ 上敲我：“你剪了刘海啊？”

我不好意思地回：“嗯，看起来很二百五吧。”

男同事又激动了：“别人剪刘海是二百五，小锅锅剪齐刘海就是二百五十种美！！！”（这位壮士，你冷静一点好吗？！）

朵爷他们听说后，特地开了一个群要求围观聊天记录，看完后，他们都笑疯了，丐胖眼疾手快地存了截图，经常拿出来嘲笑一番。

他们可真是一群可爱善良的好同事啊！（翻白眼）

还好那位男同事很快就离职了，我也长松一口气——因为他长得丑。

叉叉：我们的爱历久弥坚……

琴子是我们组一个渴求成为段子手却屡战屡败的妹子，所以她对这些有（可）趣（怕）的对话都格外积极。犹记得有一回，读者群里有个心灵手巧的妹子晒了一下自己做的菜，然后我还没来得及阻止，就惊恐地看见对话框亮了起来。

琴子：“想想都觉得不好吃。”

我：“……”

妹子：“……”

读者妹子！你的铲子怎么举起来了！冷静点！

即便如此！琴子依旧是我们的好伙伴、我们的好同事！正因为我们一直彼此包容（攻击），如今才会手牵着手、心连着心……说到这里，我忍不住抹了一把感动的泪水。

眼看就是吃饺子的时候了，我和夏沅约好了在这个温暖的冬日一起包饺子给琴子吃，每个饺子都会塞一枚爱的硬币，谁吃到硬币就……洗碗！

冬风依旧寒冷，我们对琴子的爱，却历久弥坚……

（琴子：“同事情”这三个字……对我来说……真的太冰冷了！）

朵爷：董事长的爱是暖流！

看看！你们看看！一个好好的互动话题都被上面这些人恶意刻画成什么样子了！

公司难道没有温暖的同事之情吗？有的！大家要学会在生活中去发现爱……知不知道？

比如说我们公司的董事长（BOSS 的母亲）是一个特别有爱的太太，经常摸黑就过来公司了，看看我们是不是不按时（在上班前）吃早饭……上次还从亲戚家拖来几千斤橘子，给大家补充维生素！

后来她拉了一个群，加了二十来个她觉得长得比较美的同事……每到月末来临，她亲切地在群里慰问大家：“最近业绩怎么样？大家辛苦了！都要注意身体哦，宝宝们！”

每每看到这样的问候，都深觉一股暖流涌上心头……太感人啦……

除此之外，董事长还热情组团一起去她家里吃中饭，自己冒着寒风跑去三里外的菜市场买菜，还亲自下厨，各种美味撑得大家几天都没有力气上班……饭桌上大家相亲相爱一团和气，那感觉真的像家一样温暖！

大家摸着发胖的身体，在群里对董事长泪流满面：“啊！董事长！您是我们所有人的亲妈！（BOSS 可能并不认同……）”

如果说在这样美好的画面里，还有一丝丝遗憾的话……

就是……这个群里并没有我！连公司修电脑的网管都在！却没有我！

为什么？我这么貌美如花！为工作起早贪黑！公司的中流砥柱！出版精英！（网管：你可以不吹了吗？）为什么不加我啊，董事长大大？！我小嘴小胃的！吃得也不多啊！未必有丐小亥吃得多啊！

唉……算了！都是命！不过 BOSS，听说你也没进群，我们一起努力吧！争取明年加入爱心群！好不好！

特别插播：编辑部“最同事”名单

最想“拍死”同事——朵爷

朵爷有一个奇怪的爱好，每天顶着八天没有洗的油头，油腻腻地站在打卡机旁边……只要一碰到组员，就会特别激动地问：“哈哈，今天又迟到了吧！叫你们早上洗头！”（编辑部迟到王张美丽控诉）

最爱起外号同事——丐小亥

我们公司大概有三百多个人吧，呵呵，每个人都有一到五个艺名（外号）呢……都是丐胖起的！不要问我怎么知道的，我只知道楼上有一个营销部的同事被他叫做翘臀小王子……（本条来自匿名举报）

（丐小亥：你不匿名我也知道你是谁！死矮子！）

主持 /
张美丽

我们的动手能力让人颤抖！

大家好！恭喜大家又来到了这个强行洗白编辑丑形象的“小美好”栏目！

作为万家丽路新冒出来的超人气（美）少女团，我们组在矮妹朵爷（朵爷：你大胆！）的带领下，画风一直就比较糙。如今托丐小亥赐名的福，大家忽然摇身一变成了全公司最有女性气质的一个组——全是“妹”：叉妹、矮妹、紧妹、蠢妹……我不会对号入座的。

这种赤裸裸无视事实的蔑称，我们坚决抵制！我们要联合公司所有被打入“男人军”的仙女们携起手来，摆事实讲道理，向这些男编辑证明，我们女编辑是一群散发着女性之光的正统能力者！我们，拥有手工之魂！

朵爷：缝纫大神的传人！

跟你们说，我妈是村里有名的缝纫大神，我小的时候，方圆十里的大妈们凡是裤腰带断了、裤裆破了，都来找我妈！

从小耳濡目染的我，慢慢地也成了一个……充满针线天赋的人！

我五岁就拿着穿糖葫芦的棍子编织毛衣的事情，轰动全村（并没有），带领了一大票女娃子把家里妈妈辛苦一个月打的毛衣拆了再重织（被打得半死），提前三十年走上了家庭主妇的人生道路……我这样勤劳致富，秀外慧中的表现！堪称村中楷模！

我读书的时候，学费都是带现金的，那时候，作为一个乡村 Girl（女孩），对提款机这种高级玩意儿还不是很知晓。为了保护几千块钱学费，我可是在家里忙活了一个晚上！七扭八扭地把钱缝到了里面衬衣胸口的口袋里！再套上外套，胸口瞬间鼓鼓的！再也没有人怀疑我是男的了……

不对，再也没有人觉得我像一个有钱人了！

后来的事情一言难尽，因为忘记带剪刀，排在长长的队伍里徒手撕胸口口袋的事情……旁边大概有八百个人目睹了……虽然有点尴尬，但我从他们的眼神里看到了对我手艺活儿的敬佩！

不过最近我有点悲伤，我 58cm 的小蛮腰因为过年有点发胖！想给裙子松松腰！结果大概穿针引线了半小时吧，嗨！裙子改好了！

我打开一看……哟，腰宽得大概只能送给丐小亥了……

小锅：朋友，再见

作为一名远近闻名的手工帝，在我刚学会走路的时候，就已经和外婆一起坐在沙发上纳鞋底了。

曾经有一阵子，我迷上了缝不织布，给身边每个人都缝了一个卡包或者钱包，还有朋友为了抢这个玩意儿打起来（我编的），总之非常受欢迎，而我缝得也越来越起劲。要不是因为朵爷那个事，我可能还会给每个朋友缝一身衣裳。

我缝的第一个钱包，是送给朵爷的。这么珍贵的礼物，我以为她会把这个钱包珍藏起来，当作传家宝留给她的孙子（如果她有的话），万一以后我们失散了，还能靠这个钱包哭着相认。

后来我们准备搬家整理东西时，我在扫床底的时候，突然扫出来一个很眼熟的方形物体。

这个方形物体上布满了灰尘，还有可疑的黑色颗粒粘在上面。我仔细辨认了许久——这不是我送给朵爷的那个钱包吗！

从此以后，我们俩恩断义绝，她走她的独木桥，我做我的小仙女。

丐小亥：
积木好好玩哦！

有次回家过年，想着要给侄子买个什么玩具好，左思右想，觉得这个玩具一定要“侄子喜欢的同时我也能玩”……

在网上选了很久，决定买一桶积木回去！我是这样憧憬的，一边和侄子堆积木，一边跟他讲故事，告诉他人生的美好和艰辛。这样的亲子互动，侄子一定会喜欢得抱着亲我的，我真的是世界上最好（看）的叔叔！

侄子在看到那桶积木时，果然嚷嚷着说，我最喜欢叔叔！呵呵，小伙子果然没有白疼。然后我就开始实施我的亲子互动计划了，侄子一开始很配合，在旁边打下手，说，叔叔我来帮你拿。叔叔用这个吧。

哎呀，小伙子，不要打扰叔叔堆积木了，来，我给你手机，你去玩会儿游戏！——天啦，我第一次觉得积木这么好玩哦！

但是，我为什么搭不成一间房子！看着我一筹莫展的样子，侄子屁颠屁颠跑过来说，叔叔，你这里搭错了。接着，我就默默地看着一个六岁的小孩子教我堆积木噢。

说好的亲子互动，并不是这样的！

侄子十分钟不到就搭成了一间房子，兴奋地拿过去跟爷爷奶奶展示，我听到我妈在问他，叔叔教你堆的吗？侄子奶声奶气地说，叔叔堆了好久都不会……

呵呵，以后再也不买积木这种玩具了！

（张美丽：因为丏小亥对我们表示了不屑，所以也邀请他来展现了一下自己的动手能力，结果……呵呵。）

夏沅：“厨神”请你们吃蛋糕

自从上次朵爷在微博曝光了我做的手工蛋糕之后，竟然有读者跑来安慰（……嘲笑）我说：“夏沅姐，真的不在家里备一盒止泻药吗？！”（这位读者你别跑，咱俩来聊聊！）

于是，后来的某个深夜，大家为了鼓励我（也许是因为太饿了！），特意要求我再试一次，为了让大家看到我真正的实力，我果断地答应了！鉴于上次蛋清没打好的失误，这次我还特意召集了叉叉和琴子轮番上阵！结果……结果当然是成功了！

所以今天，我是来一雪前耻的！请诸位编辑摸着自己的良心告诉我，我的蛋糕是不是人间美味！（叉妹：呵呵呵……哎，哎你拿刀干吗？别这样！）我的可乐鸡翅是不是一绝！（张美丽：你先把刀放下我再回答，宝宝害怕！）我的小炒牛肉是不是回味无穷！（琴子：你不威胁大家，我们还是好朋友！）

所以，请大家擦亮双眼，不要再误会我了！作为新晋的“厨神”，我答应你们，下次来长沙，我亲手做蛋糕给大家吃哦！（什么仇、什么怨！）

张美丽：废品大爷爱上我

虽然我有着一张十指不沾阳春水的脸，但其实我是一个非常热爱手工的少女……不要质疑，我们美少女都是这么多才多艺！

我曾经做过一个袜子娃娃，原意是想缝一只熊，结果耳朵缝砸了，经过我的巧手一番修补，最后它变成一个戴耳机的光头boy……我都被自己感动哭了！自此，我在手工之路上开启了狂奔模式：

室友要把不穿的毛衣扔掉——“哎呀，这毛衣别扔呀，我能剪出一副手套来！”

小区里物业修剪树枝——“我可以把这根树枝搬回去吗？放墙上钉上钉子可以挂衣服呢！”

收废品大爷要来收瓶子——“住手！这果酱瓶子这么好看，不种上多肉太可惜了！”

从此以后，我的房间里摆满了易拉罐、玻璃瓶子、废弃的书、树枝、布料、硬纸壳……我坚信它们在我的手中都能重新焕发光彩，直到后来，我意识到自己低估了自己的惰性……

现在这些玩意儿灰都蒙了两层也没变成宝贝，呵呵。可能收废品大爷会很爱我吧！

为了收废品大爷的身体着想，我已经做好在香樟路上住一世的准备了。毕竟搬家的话这些辛苦收集来的都要扔，废品大爷看了可能会情绪激动高兴过头什么的，闹出个毛病就不好了，怎么说也是七八十岁的人了……

叉叉：你经历过绝望吗？

在我还不是"汉子"的时候，我也是玩过芭比娃娃的。虽然是学校门口小卖部最粗糙的五毛钱的芭比娃娃，用牙签戳一下会漏气的那种，但是，也曾照耀过我的人生……

为了这个奢侈的芭比娃娃，我曾经号召小伙伴们建起了一个王国，我们把芭比娃娃塞进足球场的土里，喂她吃饭，慈爱地照顾她睡觉……

然而，芭比娃娃的衣服很快就因为我们的关照而不够用了，于是我们又找来了针线，想给芭比娃娃做裙子……可我们没有材料。

那时候，年幼的我曾经穿着豪华的公主裙，骑着单车（不要问我怎么骑）将裙摆上华丽的轻纱摆来摆去……于是我当机立断，把裙子上的纱一撕，给娃娃做了条印度阿三的沙丽……

后来你们都知道了，当我沉浸在美丽的想象中的时候……我妈回来了。她看着桌上断掉的口红、不知道被我用来干吗了的眉笔，以及乌七墨黑的眼影，把我胖揍了一顿。

然后，她看见了被我撕得像被八百头野猪蹂躏过的公主裙……（你经历过绝望吗？）

从此我再也没做过手工……

主持人发言：看到上面某些编辑（我就不点名了）的动手能力，希望各位不要时刻想着搞个大新闻，有空多培养一下动手能力，比如来我家搞搞卫生什么的。毕竟，我们是要去建设美好社会的踏浪少年啊！

江湖传说之魅丽第一届哭穷大赛！

主持 / 张美丽

编辑身家大起底！当我抛出这个话题，大家的反应不要太大哦！小锅垂泪咬手绢：“我真的很穷啊，你看我都饿得刮瘦（长沙话）的！呵呵，这位仙女一支口红够我在公司楼下嗦一个月粉哦！”丐小亥黯然卖惨：“我穷得只敢在有 Wi-Fi 的情况下才看手机……”骗人！昨天他才带着他们组员下馆子！朵爷……朵爷说穷，我信！毕竟组长的气质决定了组员的气质（朵爷：“为什么又黑我！”），看看我们组，所有组员身上的现金加起来还没有年龄多呢！

朵爷：连小偷也看不起我……

关于我穷的事情………啊，罄竹难书！（乱用成语！）我大学的时候手机坏了，在楼下买了一部充话费送的小灵通。有一天和小锅去逛长沙有名的金苹果（就是穷孩子买衣服的地方），正当我们面对破了八百个洞的牛仔裤和有上千颗铆钉的牛仔衣……发出“啊这件好适合你”“这件美死哒”……的感叹时，店里老板娘戳了戳我，指着桌上的一堆垃圾对我说：“妹子，这是你的吧！”

我……有点生气！怎么说话呢你！你才是收垃圾的呢！你看看都是些什么脏东西！那个吃了一半的口香糖！那个看上去用了一年的餐巾纸！咦?

那部小灵通好面熟！

哇！真的是我的东西哦！从我兜里跑出来的哦！

我一脸懵逼，老板娘瞥了我一眼：可能是小偷还给你的吧……

还给我的？！

天啊，这是对我最大的侮辱！

为什么？看不起我的小灵通哦！

作为小偷的职业道德（？）呢！到手了还不要！怎么在圈子里混呢？！

（张美丽：朵爷，注意导向！）

哦！好的！大家！以后见到这种小偷别生气！要立即抓起来扭送派出所！再质问他……

还有一些穷例子就是比如我还用着2005年买的台式电脑，这年纪感觉比你们还大……我的手机基本不拍照、不下新的APP……因为内存实在太小了……大家，你们每次在微博看到我的“来自iPhone客户端”都不要嫉妒……那不过是我借别人的手机发个微博显得我富贵而已……

虚伪！

小锅：
人生多姿又婀娜，一支口红怎么够?!

在我们口红界，有一个大家都心知肚明的规矩：千万不能用完一支口红，不然就说明主人过着很悲惨的日子。

像我这样的仙女，人生如此多姿多彩，一支口红怎么够用呢？光是一个红色就有樱桃红、玫红、豆沙红、铁锈红、砖红、姨妈红、慕斯红、蔷薇红等，更何况还分珠光、亚光、丝绒呢……不凑齐怎么行！

每天晚上躺在床上就会失眠，想想那些新出的口红还没买到，就心绞痛。而且不能看韩剧，看完韩剧的后遗症很可怕——购物车里会莫名其妙地多出十支口红。

现在连微博都不能随便刷了，那天看一个搞笑视频，内容是一只小狗偷吃了主人的口红，底下的留言都是狗狗好萌好好笑，而我来来回回看了无数遍视频，脑子想的都是“天哪，那支口红的色号是多少？”“到底是什么牌子的呢，看不清呀？”“底下为什么没有人报色号？好烦！”……救命！

“唉，我可能是世上最穷的仙女了！”我摸出阿玛尼的唇釉如是说。

（张美丽：毫无防备地被炫了一脸……大家不要学！炫富是不好的！）

丐小亥：
请资助我回家联网

想出这个主题的人，你先告诉我，富字怎么写？

回望我这二十年……人生，我感觉我就是在用滚胖的肉体写出了一个浑圆的“穷”字！

小时候家里穷，过年要吃鸡，还没等鸡上桌，我就全神贯注地猜测这盘鸡会放在哪个位置，我要坐在离它最近的地方……

在外求学时，买了一箱泡面，一天一包，为了用最少的钱买最多的泡面，还要喊同学走八里地去批发市场，然后用剩下来的钱买可乐喝……为了吃到不同口味，跟同学商量买不同牌子，好交换着吃……

等上了班，以为可以靠双手解救自己了。但是没有想到，我每天都加班啊，老板多次在大会上表扬我，说我工作努力用心。他是不知道，我是家里没钱联网……我得趁人少的时候下载电影，拷贝回去度过一个又一个孤独漫长的夜晚……不说了，等《成人礼晚点》上市以后，你们一定要去买一本，我好回家联网，毕竟清洁阿姨已经拿着扫把站在我身后个把小时了……阿姨，我这就回去！

张美丽：少女背后的秘密……

论起穷……唔……我给大家讲几件小事。

在之前讲“手工”的那期“小美好”里，我告诉大家自己收集了很多“废品”，家里柜子上全都是玻璃瓶、花花绿绿的布、麻绳，甚至树枝……大家都以为我是爱创造的手工帝，呵呵，其实这背后更深的原因，只有我懂，因为……穷！还不是因为买不起，所以才动手做！

我买方便面从来都是以两袋为一个单位，并且从不买桶装。大家都以为我是能吃和居家。呵呵，其实这背后更深层的原因，只有我懂，又是……穷！因为每次用一袋面里的调料包煮两袋面，就可以挪出来一份调料包下次煮挂面用！吃面能省好多钱（并不是因为离开调料包我煮的面就没法下咽……）！所以你该知道，“吃方便面没有调料包”对我是多么恶毒的诅咒了……

还有一年年会，朵爷借我的吉他上台表演群魔乱舞 · 琵琶精发功（是的，继胸口碎大石之后，我朵又开发出了新技能！），结果小吉他承受不住我朵的功力，崩溃了……于是我默默地买来配件修好了它。大家以为是我聪明，呵呵，其实这背后更深的原因，只有我懂，一切都是因为……穷！去店里修肯定要手工费咧！

好了，看着我的眼睛。现在，你们还要和我比穷吗？（微笑脸）

夏沅：你在“豪华”公寓里吃过土吗？

老实说，第一眼看到这个话题的时候，我是拒绝的！像我这样的少女，怎么会……穷！（张美丽：别不承认！）好吧……大家火眼金睛。

说到穷，2015 年刚入职的那几个月应该是我最穷的时候，因为刚来长沙，人生地不熟，为了安全起见，我在公司附近租了一间单身公寓，每天早晨哼着歌，五分钟散步到公司楼下，不用挤公交车，更不用担心迟到！（琴子：你确定你不是来拉仇恨的……）

日子是舒服了，悲催的是……我每个月都要拿出一半的工资给……房东，对，你没有听错，一半的工资！这也就直接导致了那段时间我穷到……不得不住在一间“豪华”公寓里……吃土！每当我想吃一顿肉或者想吃一顿大餐的时候，内心都会有一个声音在呐喊：“住手，每个月连房租都付不起的人是没有权利吃肉的！”甚至很多朋友当时还一度担心我会“饿死”在长沙，纷纷主动要借钱给我……（90 度鞠躬！）

后来大家可能也知道，我搬出了那间公寓，和琴子、叉叉一起租了一套三居室，每个月少了房租的压力，却被忽悠着吃遍了各种长沙美食，看着每个月飙升的体重，我似乎有点怀念当初在“豪华”公寓吃土的日子了，毕竟当时……

我！瘦！了！

叉叉：
朋友，你失策了！

我不明白……张美丽为什么邀请我写这一次的互动……

别的比赛我就不说了吧，比穷大赛，我，绝对是无冕之王……别人我都！不！服！

当年，我还在离公司一个半小时车程的地方住着的时候……每天公交车往返的时间加在一起都够一个小长途！那段时间，我硬生生地被挤瘦了几斤……（朵爷：少骗人）

为了方便搭车，我就背了一个小背包，什么手机啊、钱包啊，全都丢里边，口袋里就揣一张公交卡。

那一天……离发工资还有三天，我揣着我的公交卡上了车。车开动之后……我忽然觉得哪里不对！我像鬼片里的女主角一般慢慢回过头……就看见一双突然缩回去的手。

我震惊了。

连我这么穷苦的少女都偷……还有没有人性！

我恶狠狠地看着那个扒手，一直到他慌忙下车，这才优雅地转身将背包扒拉开，把钱包啊、小口袋啊……统统合上。

呵呵。

这位朋友，我的口袋里是不会有一毛钱的，你失策了……

主持人发言：看了上述回答，每一个都是这么让人忍不住落泪，真是心疼大家。好啦，我承认你们每一个都很穷了，每个人都是冠军（虽然你们可能并不想当，哈哈哈）！希望BOSS看到这期后，能给我们发一点奖金，挽救我们这些吃土的少年！我们要求也不高，就发个百八十万的……（朵爷：张美丽……起来上班了！）

（微博观光团）

@没有圈圈的叉叉

昨天晚上做梦买了一辆车，特拉风还特逼真，然后我开着车一路狂飙，还打电话给@Hey夏沅 说："我买车啦！以后上班可以开车了！"刚刚和@俗艳少女张美丽 聊到一直没时间去考驾照，这才想起来，哦，是梦啊……我的车……我的车就这样没有了……我的车！

@俗艳少女张美丽 评论：你的梦里没有我，再见！

@没有圈圈的叉叉 回复@俗艳少女张美丽：……我的心里有。

@Hey夏沅 评论：你的心里没有我，再见！

@没有圈圈的叉叉 回复@Hey夏沅：……我的车里有！

江湖传说之爸妈！我是亲生的吗？

主持／张美丽

母亲节快到啦！为了让大家感受到“小美好”是一个积极正能量且有教育意义的栏目（是的！就是这样美好的栏目！），我们特邀请编辑部众人和人气作者围绕亲情讲一讲自己的家人，用一次真情流露表达自己对他们扑通扑通的爱意……

同志们！请准备好纸巾！因为接下来的场面可能会让你声泪俱下泣涕涟涟，毕竟主题这么温馨且主持人那么美！就让我们跟随镜头去看看吧！

朵爷：我的外婆是村花

这一次……我不写我妈了……由于在杂志、微博上写她写太多了，她已经要红过我了………休想让我再捧她！哼哼！

我要说我外婆！（张美丽：话题不是这样的！）（我不管我不管！）大家都知道，我外婆走路风驰电掣，人称“登高（我们村的名字！）小（老）摩托车”！小时候碰上我们要出门购物——大概是去买猪饲料之类的，当隔壁大叔在风中甩着灰扑扑的头发……一脚刹车停在外婆面前说“来！阿婆！我搭你去”的时候……我外婆不屑地瞟了大叔的拖拉机一眼，摆摆手告诉他……不用了！我走路比你快！

于是，外婆一个当年就七十岁的老太太……拽着上气不接下气的宝宝我，抄小路咻咻咻地到了镇子上……还特意等了等拖拉机大叔………看着他哭……（没有啦！）

当然，最崩溃的不是大叔，是我！因为外婆崇尚步行，我童年就没有坐过车！有一次，学校组织去市里，要交五十块钱路费！外婆淡淡地看了我一眼，死死摁住荷包……交什么钱，走路去噢……比车快多了！

外婆！我们可是住在山里！距离市区三百多公里！你让我走路……我腿断给你看噢！

好啦……不黑我外婆了……外婆作为我村村花（我评的），今年八十四……上次在家翻出了我小时候的照片，直夸：“满伢子！你小时候长得太漂亮了噢！”我正欣喜，她又叹着气补了一句：“小时候长太漂亮了不好……长大就丑……”

……外婆！再这样！取消你村花的荣誉噢！

小锅：
爸爸，请客气点！

我爸爸是一个很老实耿直的老 BOY。

当初我爸爸和我妈相亲的时候，外公就是

看中他的老实。外公当时是粮管所所长，我爸爸则是个连鞋子都是借来的穷光蛋。整个相亲过程，他一直坐在巴掌大的板凳上瑟瑟发抖，外公觉得这个小伙子很老实，就把我妈嫁给了他！但后来外公说，我爸爸是那一堆相亲汉子中长得最帅的！（咦？说好的老实呢？）

我爸爸是做建筑的，因为工作的关系，即使不上班，每天也五点就起床。

他很疼我，我在家的时候，早上都会买好包子悄悄放在我床头……再猛烈地把我摇醒："包子放这儿了哦。"

我（一脸懵）："……"爹啊！才六点好吗！

有时候，我还在睡觉，他兴冲冲地推门进来："今天太阳很好，给你晒被子吧！"然后，把我的被子一卷就出去了！

爹啊，你女儿还在床上啊！

过年的时候，我说要给他买双皮鞋，还豪气地说，商场里的牌子随便挑。我以为爸爸会客气一下，找家实惠的鞋店……结果我还是低估他了，这位号称老实的 BOY 直奔商场内最贵的鞋店，挑了一双不打折的春季新款……我是哭着去刷卡的。

张美丽：
一家四口，就我最丑……

好开心，终于有机会能跟大家讲讲我爸了！

说到我爸只有一个字——帅！是那种甩出身份证照片都能被网友比心的帅，是找对象能挑遍十里八村适龄单身女青年的帅。这种帅，直接导致了我从母胎开始就没有男朋友——追求者还没我爹帅呢，以及别人炫富（不要学！）我炫父的心酸局面……

有回，我和大家去吃饭，琴子很开心地拿出手机，让我猜四个人里哪个是她爸，还笑眯眯地提示："是最帅的那一个哦！"我盯着仔细研究了半天，又小心地看了看琴子期待的眼神，终于颤抖着手指向了最右边那个……嗯，结果就不说了，反正后来琴子就不大爱搭理我，呵呵。作为一个炫爹狂魔，这种时候还不拿出我爹"玉照"来镇场子还要等到何时！于是，我掏出了我爹年轻时的照片一顿猛夸，夸得坐我们隔壁的正吃饭的俩陌生妹子也坐不住了，跑过来问我要看照片……从此我爹又多了两枚迷妹。这种时候，总感觉比自己被夸了还要开心呢。

但是这样帅的爹最近也很让人烦，天天嘲笑自己闺女胖成猪就算了，上周我嘴欠告诉了他"呵呵"这个词在年轻人聊天中的用法后，现在每回打电话都要被他呵一脸，嫌弃藏都藏不住，因为一家四口里，就数我最丑，呵呵。

夏沅：
妈，你这样很容易失去我！

我妈年轻的时候，是个暴脾气，特别是在我还是个孩子的时候，她总喜欢揍我！（也可能是因为我小时候长得不漂亮吧，呵呵呵……）不写作业，揍我！放学玩疯了没按时回家，揍我！把遥控器上的橡胶按键全抠出来，揍我！（叉叉：我要是你妈我也揍你！小朋友们千万不要学夏沅！）后来慢慢长大了，有一次和我妈聊天，聊到小时候总是挨揍这件事，我义愤填膺地抱怨她说："妈，你这种教育方式是不对的！科学证明，暴力并不能让孩子认识到错误！"我妈不屑地瞥了我一眼："我没想让你认识错误，我就是想揍你而已。"想揍我而已……想揍我……而已！妈，你这样对我真的好吗！妈，你这样很容易失去我的好吗！

不过现在，我已经长大了，我妈的脾气渐渐地也好了很多。去年的时候她还学会了怎么玩微信，以至于那个寒假叫醒我的，不是闹钟也不是梦想，是我妈轮番轰炸的微信！每天早上，我在卧室里面，我妈在卧室外面，也不敲门，就一直发微信：你醒了吗？你起床了吗？早饭要吃吗？今天要和我一起出去逛街吗？呵呵呵，我就知道我妈不会这么放过我的！

叉叉：
我可能是充话费送的

在我十几年（不让反驳）的人生中，每回只要有人看到我妈来找我，就会问我一个极其老套的问题："这是你妈？我还以为是你姐姐！"也不知道是想说我老呢，还是我妈矮……

正经点来说，段女士是一个很臭美的妈妈，穿我的短裙，时不时如少女般对我"嘻嘻"，每回出门都要拍上百八十张照片。

然而我……就是这个美少女人生中的意外，我出生的那天……下着大雪，我的皮肤像雪一样白，嘴唇像血一样红，头发黑得像乌木一样……我妈温柔地冲襁褓里的我说："真丑。"

当时我的外婆为了安慰大受打击的我妈，硬着头皮说："女大十八变，长大后就会好看的。"而这个意外才刚刚开始……

有一天，我妈给还是婴儿的我洗了澡丢到床上，天真无知的我在床上滚来滚去，我妈从来没见过像我这么好玩的东西……抱起我就往空中抛。

第一次抛，接住了。

第二次抛，接住了。

第三次抛……

然后我妈被我外婆暴打（并没有）了一顿。

现在，我的眼睛旁还有一道疤痕……每当我妈和我聊起这个事，总会伴随着一阵爆笑：“哈哈哈哈哈，你都不知道你有多丑……但是在床上滚的时候最可爱了！”

喂？110吗？

我要报警，我要找亲妈……

琴子：
伪学霸的心酸血泪史……

在我最开始的记忆里，我妈总是留着一头及腰的长发，扎着黑长的辫子，温柔贤淑美得不可方物！然而当我踏入幼儿园，我才知道，我错了……

不知道你们的童年是不是和我一样，也有这么一个超让人讨厌的人，就是——别人家的孩子！别人家的孩子会算加减法了！别人家的孩子会写好看的汉字了！别人家的孩子会唱歌跳舞上台表演了！而我……竟然连自己的名字都不会写……（名字笔画太多怪我咯！泪目！）

然而！我温柔的妈妈并不嫌弃我，还是抓起了我的手，一笔一画地开始教。一个小时过去了，三个小时过去了，五个小时过去了……我，依然没有学会写自己的名字……我妈终于忍无可忍，顺手抄起手边的锄头，就地挖起了洞，然后她指着我，说，如果再写不好，就把你埋起来！

埋……

起来……

妈！你在跟我闹着玩的，对不对？！

我看着那个坑，吓得连眼泪鼻涕流一脸都不敢擦，只顾埋头奋笔疾书……

不，奋笔疾练！就在这时，咦……奇迹出现了！我突然学会写自己的名字了！

从此以后，我便在我妈这种吓死宝宝的教育下走上了（伪）学霸的不归路，后来每一次路过垃圾桶，我的心头就涌上一股熟悉感，总觉得自己是从垃圾桶里捡来的……

主持人发言：为什么我们栏目的画风永远都是这么清奇……说好的痛哭流涕呢！说好的教育意义呢！好了，让我们把镜头转回来……节目的最后，给大家一个贴心的小提示：母亲节，别忘了祝这位伟大的女人节日快乐哦！

（微博观光团）

@Hey夏沅

最近的@没有圈圈的叉叉 好烦人哦，晚上阴魂不散地蹲我房间门口。我唱："你会不会忽然地出现……"她接："不会。"我唱："想念如果会有声音……"她接："没有。"我唱："突然好想你……"她接："不想。"……滚去睡好吗！那么多话！

@没有圈圈的叉叉 评论：不睡。

我们一点都不无聊！

主持/
想念同桌的张美丽

大家好！张美丽带着“小美好”又来了！

这期的话题依然难产了……酝酿很久之后，我们决定邀请大家来谈一谈“干过的最无聊的事情”！是不是很别致！是不是很精彩！是不是很……好吧，编不下去了，我承认这个话题是真的有点无聊。但万万没想到哦！大家的生活居然这么丰富多彩，写出来的故事一点都不无聊！由此可见，我们真的是一群集美貌和智慧于一体的好编辑！

朵爷：都怪我无能！

高中的时候，听物理老师说如果你发明一个什么专利，就可以高考加分。对此，我产生了非常浓厚的兴趣。虽然我的物理经常得十六分，但这并不能阻挡我对创造发明的热情！我要加分！然后，我的发明就开始了。（此处应该有掌声！！）

我绞尽脑汁想了一个晚自习。哇！设计就出来了！只有一个晚自习！你们身边不可能有这种智慧的人！一个晚自习可以想出一个发明……

当时我们那个年代大家都用上了水性笔，而我，一个天赋异禀的Girl，想出一个大招。我想，为啥大家都抛弃了文艺的钢笔呢？因为要经常挤墨水！那为什么大家不想经常挤墨水呢？并不是因为墨水贵，而是一挤就弄脏笔筒，从而弄脏手，弄脏纸、弄脏桌子、弄脏衣服裤子、弄脏你的人生！（张美丽：振聋发聩！）

找到问题的根源之后，我和我的物理老师长谈，与此同时，还有三个有梦想的男同学也在和老师长谈。我听了他们的设计，觉得都不行，实施太难了，太需要技术钱（加粗）了！而我的设计图是这样的，只要在墨水瓶边上加一个固定的东西，固定钢笔，然后中间弄个小桶子隔绝墨水进去，钢笔管子就不会弄脏了。我是不是很不错？虽然只是小发明，但很实用！

老师的表情是——什么鬼？她并没有爱上我的设计，放我回去上晚自习了……

总之，我的设计热情止步于此，这个世界真是容不下我这种有天赋的人。唉！钢笔使用率降低，都怪我无能！

小锅：
从小我就很可爱！

儿时的我并不是仙女界里的小公主，长得又黑又瘦像块炭一样，也最讨厌别人这样说我。有一次上历史课，同桌指着课本里一个清朝格格，笑得贱兮兮："快看，这个格格长得好像你。"

我看了一眼那个格格，又黑又瘦丑爆了，顿时明白过来，她在嘲笑我！

我心里很生气，却还是保持微笑：“呵呵呵，哪里像啦！”然后，扭头就立刻翻起历史课本，翻了一节课，找到一个也很丑的人，对她说，“这个像你！”

同桌一看，脸都气红了，整个人钻进课桌里翻了一天，指着一个更丑的人对我说：“那你就是这个！”

我怎么能就此认输，放学一回家就开始翻书柜，翻了整整一宿。我外婆以为我在刻苦学习，又激动又心疼，大半夜还给我煎了两个荷包蛋做夜宵。殊不知，我只是为了找出一个全世界最丑的人来打败同桌……然后，我们俩就这么循环地陷入了这种疯狂的恶性竞争里。

现在想想，当年的我们真是可爱（画掉）无聊啊！

张美丽：
同桌是个小天使！

那是一个慵懒的夏日午后，在一节巨长的政治课上，我百无聊赖，目光转着转着就看向了自己手臂……上的汗毛……太密集了，不符合我一个美少女的画风！电视广告里的美人可是光溜溜的啥毛都没有（后来我知道了他们都是后期修图的）！于是，我抠抠同桌的袖子，要来镊子后抓着膀子就开始拔起了汗毛……

一根……两根……三根……虽然疼得龇牙咧嘴，但为了变美，我完全没有停下来的意思。两分钟后，同桌终于被我的动静给吸引了，立马出声制止了我：“别拔了！”

我朝她莞尔一笑，这个心机鬼，只需自己变美就不准我变美吗？是不是怕我拔完汗毛后美貌度又提升，下回我俩被班里男生比较的时候被我比下去！一定是这样！然后我就加快了手速！同桌急了：“真的，别拔了，以后会后悔的！”

“为啥？”我满脸问号。

“……”她半天没吭声。在我等半天她都没反应即将转头继续开工的时候，她猛地把袖子一撸！“刷”地将膀子伸我眼前来了！然后，我就满脸惊吓地看着她小臂上一层过分浓密修长乌黑的汗毛，在风中袅娜起舞……

“我之前拔了两次觉得太痛，就用刀刮了，结果后来汗毛长得特别浓厚粗密，跟猩猩一样。”我张着嘴看着满脸通红的同桌，突然明白了为什么最近这么热的天她还坚持穿着长袖，然后悻悻地将镊子还了回去。

感谢我的同桌，让我免于一场“猩猩”灾难依然做着美少女，她是一个小天使，爱她。

夏沅：
我有病，你有药吗？

不知道大家还记不记得，小时候有一种东西叫作“糖丸”，每次打完针，医生都会从大玻璃罐里拿出超小一颗（好小气！）作为奖励。

童年没见过什么世面的我，曾经一度把这颗糖丸奉为我人生中最好吃的东西，没有之一！为了能经常吃到糖丸，我每天都要问美鲁（我妈）八百遍：“妈，我今天真的不用打针吗？”（我妈当时以为我疯了……）

当然了，针是不能随便乱扎的，但是聪明的我发现了另一种神奇的东西——糖衣药片。舔一舔，哇，好甜！好好吃！但是这种“糖丸”也有缺点，那就是放在嘴里时间久了，会变苦！于是，我每次舔个十几秒立马吞下（我小时候吞这个是不用喝水的，干吞……），吞下之后，放入另一颗！

就这样，我吃遍了家里所有我能找到的糖衣药片，红色的、白色的、蓝色的、绿色的……但凡我能找到的，全部被我吃了个遍！

直到后来的某一天，美鲁提前回家，打开门就看到桌子上好几盒刚拆封的药和我舔完药片没来得及擦干净的嘴角，美鲁震惊了，我也震惊了！结局可想而知，我被揍了一下午……

现在想想，我能安全活这么大，简直是一个奇迹！小朋友们一定要注意了，千万不要做这么无聊又危险的事情！

叉叉：我有四个人格……

张美丽给大家发起互动邀请的时候，编辑部响起了此起彼伏的抗议声：“我们没有做过无聊的事！我们的人生每一秒都好有意义的！”（骗谁！）

而我，回想我十八年（朵爷：又来！）的人生，我从未浪费过自己的生命……那是不可能的。

拥有一张萝莉脸的我，曾经不止一次被陌生的大爷大妈赞扬乖巧可爱，但是只要一开口，大家的幻觉就会被我 MAN（男人）破天际的声音击碎。

而我的朋友们不但没有同情我，反而兴致勃勃地把我的性格反差设计了四个人格的人设……老大狂拽酷炫，老二邪魅狂狷，老三欢萌可爱，老幺温婉可人……这都是我！（好独特、好不做作、和其他人好不一样！）

从那天起，我开始写关于自己四个人格的小说，没事的时候自己还会和自己吵个架啊，谈个恋爱（……）什么的，提升客户（朋友）的阅读体验，让情感更加真挚。如果写慢了，可能五个人还会一起吵起来……

现在回想起来，我的心情十分复杂，恐怕在以后漫长的人生里，我也再找不到比这更无聊的事了……

琴子：两个熊孩子的武侠梦

别看我现在是个小软妹，其实我小时候的梦想是当一个女侠，能飞檐走壁、行侠仗义的那种（朵爷：……原来你从小就这么与众不同了）。

小时候和邻居一起看武侠剧，很羡慕电视里那些武功高强的大侠，所以我和我的小邻居每天都幻想着自己也能像电视里的大侠一样，通过努力，练就一身绝世武功。我俩每天都在院子里练功，练了好几天，一点效果也没有。

这是为什么呢？我百思不得其解，我的小伙伴告诉我，这都是因为没有师父教我们。

于是，我们决定找一个师父，我俩想了很久，天门山（我们那边一个寺庙的名字）的那个老和尚爷爷，不就是我们要找的世外高人吗？于是，我们就跑到寺庙里，跪在老和尚面前，一边磕头一边叫师父。老和尚对我们露出了慈（迷）祥（之）的微笑，说，孩子们，快回家去吧。

不！我们不走！我们要拜师，学武功！和尚爷爷劝不动我们，就留我们在寺庙里吃了中饭（还蛮好吃的），然后我就在那里睡着了。当我醒来的时候，我已经躺在家里的床上了。我不仅没有拜师成功，还换来了一顿暴打，我的武侠梦就这样夭折了。

如果我当时意志力再坚定一点，留在庙里，我现在可能是女版……王宝强！

特别插播：朵爷采访爆料！

爆料 1. 史上最积极互动嘉宾

那天我们正在群里狂刷广告，朵爷突然提起了这期“小美好”：“怎么还不来约我写这期的“小美好”！我可以先告诉你们我做过的最无聊的事情哦！”这可能是“小美好”史上最积极的互动嘉宾了……

爆料 2. 其实偶尔也是小公主

虽然朵爷一直是个“爷”，但偶尔也挺小公主的。比如，大家正等待她的无聊史后文，她突然打住了：“我需要观众才能继续说下去！我要看到你们的脸！你们的手！在拉屎的也要听我说！没有粉丝我是不会说故事的！”……这样的朵爷你见过吗?

爆料 3. 总的来说是一个严谨（健忘）有智慧的人

讲到兴起的时候，朵爷又停住了：“等一下，我需要思考一下我当时的设计，时间久了我给忘了……”（张美丽：不是很骄傲的设计吗！怎么可以忘！）然而五分钟后，我们收到了她用鼠标画的设计图，不仅有解说，还分了色……反正我现在爱上了她的设计，真是一个有智慧的人。

我们正经起来连自己都害怕!

主持/叉叉

自从和张美丽换了互动，张美丽就天天在旁边埋汰我:“哇，要来不及了吧”“互动要催五天哦发，嚯嚯嚯”……这种互相攻击的同事情令人生气!张美丽，我给你讲，你不要逼我!我正经催起互动来连自己都打（等等），连自己都害怕!大家都是好同志，你们不要老是妖魔化编辑部的氛围，不要让我每天听着丐小亥拖互动拖到编辑哭湿了枕头的鬼故事入睡（造谣!这都是造谣!）。我相信，只要在上厕所路上多堵几回，滴水能穿石，铁杵磨成针……咳，好了，让我们来看看这群人认真起来有多令人颤抖吧!

（众编辑:这个人主持的画风也令人害怕……）

小锅：
我认真起来的样子，就像街边贴膜的

虽然我不是处女座，但是在某些方面，强迫症比处女座还严重。

比如，给手机贴膜。

有次在地下通道贴膜，贴膜小哥反复地贴上撕开、贴上撕开，最后满意地递给我收了二十块钱。我一看就生气了，左上角还有一个针眼大的气泡！

后来，我就准备自己学贴膜，居然成功了！这可能就是书里常说的天赋一饼……不对，异禀吧！

在这里，我向各位读者爸爸传授一下我多年来的贴膜经验——首先，你要把自己洗干净（严肃点），擦干净手机屏幕，剪一段胶带把屏幕上的灰尘全部粘走，最后撕开手机膜，对准角度，缓缓地贴上……全程都要屏住呼吸，幻想你正在拆一个即将引爆的炸弹。

说真的，我已经爱上贴膜了，贴成功后的成就感实在让我欲罢不能。

不过，现在大家都喜欢贴钢化膜。这种膜贴起来十分简单，我用脚指头都能贴好。关键是，它还十分经久耐用，以前每个月都找我贴膜的同事们，现在变成半年也不来一次。

唉，好空虚，好难过。

教练，我想贴膜！

丐小亥：
我爱周末，周末让我快乐！

首先摸着胸说，我还是热爱工作的。但是每天早上起来，就好想跟 BOSS

说，宝宝今天没睡好，可以十二点来吗……

睡觉大过天！所以，从周一开始，我就在谋划周末的玩耍计划了！（请问前后有什么逻辑？！）

终于熬过了五天非人般的生活，美好的周六来了！早上醒来，就准备实施自己的计划！起床，熬粥给自己喝。等下，打开手机看一下，有没有人找我。哦，没有！（微笑）那看看朋友圈里发生了什么事，唉，为什么不好看的人都喜欢发自拍呢……（微笑）

关掉微信，再打开微博，看看世界上发生了什么事！哈哈哈，这个人好有趣，点击进去看下。她关注的人也不错，再点击进去看下……

为什么别人都活得这么有趣，我却要瘫在床上？！扔掉手机，我要起床去看看这个世界！打开窗户，一股热浪直冲过来，算了，与其被烤成红烧肉，不如待在家做废物吧……

我重新捡起手机一看，十一点了！等粥熬好就快一点了吧，会饿死，点个外卖好啦！一边等外卖，一边还可以用手机看电影、玩昨晚没有过关的游戏……

于是，美好的周六就躺在床上，靠着手机过完了！

深夜里关灯的那一瞬间，我才明白，我是一个多么简单纯粹的人，一部手机就可以让我快乐一整天。脑子里开始策划周日去哪里玩，嗯，至少要走出家门，坐电梯，去物业买电，不然会被热死……

夏沅：
嘘，我有催稿秘笈要告诉你……

混江湖（什么鬼？）的都知道，只要是作者……就没有不拖稿的，而且每个作者拖稿的时候，都一定会做同一件事：不回消息！

作为叱咤江湖的催稿狂魔（容光封的），在和作者漫长的拉锯战里，我早就总结出了一套独门催稿秘笈，不信我讲给你听哦！

首先催稿的时候，一定要有开场白，比如：哇，今天的天气好好哦，好适合看雪看星星看月亮、谈诗词歌赋、谈人生哲学呢！（叉叉：……你够了！）然后等到作者被炸出来看雪看星星看月亮、谈诗词歌赋、谈人生哲学谈到尽兴的时候，再迅速转移话题：“你的稿子什么时候交？！”

当然，如果作者没有回消息，别着急，十分钟之后再去轰炸一次。如果还没有回复，十分钟后再去轰炸一次。如果一直一直没有回复……十分钟后……继续轰炸……继续轰炸……

咳咳，当然……秘笈也不是每次都……管用的，就比如刚才，琴子瞥了一眼认真的我和失联了一周的林桑榆的对话框，一脸冷漠地嘲笑道：呵呵呵……你不是……有催稿秘笈吗?

了不起哦！我还有大招没用呢……下次再告诉你们！

张美丽：一个正经的吉他手

说出来惭愧，常常用“正经脸”示人的我，其实……并没有做过让人颤抖的正经事……但是！我做过一件令自己的左手颤抖的事！（咦，左手突然抖什么？）

那是在我刚买了吉他不久，凭借自己的美貌与才智，没多久我就把几个常用和弦练会了。正高兴呢，等等！这也太容易了吧？这种低级别的指法怎么能彰显我的聪慧！看来，是时候挑战传说中令新人颤抖下跪哭泣的F和弦大横按了！

然而F和弦的指法横跨六根琴弦，几根手指山这边山那边到处落，别扭的姿势看起来就像个……智障。

关键是，这么智障的姿势我还学不会！生气！然后我看到有人说，单手保持这个指法的姿势提着吉他走一上午，让手指有记忆就会了！

单纯如我，相信了那个楼主。然后就用那个智障的姿势，用力按着琴弦在房里走了一上午。

后来呢？后来我当然顺利学会了 F 和弦，只是那之后我的左手指尖就废了，碰键盘都疼，活活做了半个月的独臂侠……

琴子：认真到没朋友

从最初屡战屡败的段子手，到如今连讲冷笑话都很严肃的老干部，认真简直就是我的专属代名词。

大家都知道，在编辑部，仙女小锅美到没朋友，朵爷朵仲基帅到没朋友，而我呢，就是那个认真到没朋友的人。

比如昨天晚上，热情好客的叉妹邀请夏沅和我去她房间读书学习（夏沅：别装了，明明是吃比萨！）。大家都玩（吃）得很开心，在东道主叉妹的提议下，我们开始轮流讲起了冷笑话。

叉妹："有一根牙签走在马路上，看到一只刺猬，然后那根牙签就挥手说，'嘿，公交车。'"

哈哈哈哈哈……夏沅的笑声仿佛要响彻整个小区（并没有），而我，冒着被叉妹赶出家门的风险，说出了我心中的疑问："牙签和刺猬身上的刺长得一点都不像啊。你们说，是不是因为牙签近视了？"（叉妹 & 夏沅：……琴子！这只是一个冷笑话。）

后来，勤劳的叉妹开始整理她的衣柜，她边叠衣服边跟我们说："你们看，我买的都是这种灰色系的衣服。"

我：“是吗？可你身上这件是黑白条纹的呀。”（叉妹：……）

这就是我，一个对工作和生活都极其认真的人。最后，很感谢大家一直对我不离不弃，我们要一直做好朋友哦，因为我们是真爱啊。

朵爷：
令人闻风丧胆的小小发明家！

自从上次和大家坦白了我高中发明的“一定不让你的钢笔弄脏”的墨水瓶事件之后，我居然又想起了其他发明（相信我，这一次真的有用！）。说到这里，我不由得感叹一下，啊，我的人生真的充满了智慧！那么我为什么还没有当上科学家？！

读高中的时候（啊寂寞的高中……），我经常闷头在宿舍里徒手洗杯子。你们要知道，塑料的漱口杯放久了，杯底的边边角角经常有一些东西洗不掉哦，但是机灵如我，一定要和这些恶势力（叉妹：你有点过了……）作斗争！

于是，我满宿舍找出了一把新的塑料牙刷（注意，是那种两块钱一个的塑料的！），又摸出了一个打火机。（不要问我打火机哪儿来的……）

接下来就很关键了！我全神贯注地凝视着这把牙刷，和它做最后的告别……然后点火！用力地烧牙刷柄上最靠近刷头的地方。但是，不要烧断！不要烧断！不要烧断！重要的事情说三遍！在烧得它要死要活的时候，停下来！把牙刷摁在墙上，将它摁弯成牙刷头和牙刷柄呈直角的样子。等牙刷冷却后，一个浴火重生的杯刷就诞生了！

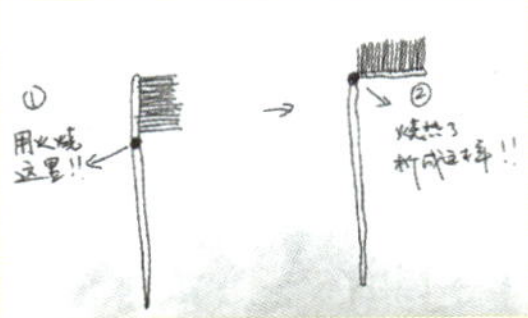

说到这里，我知道你们又不知道我在讲什么了，所以我强烈要求上图，看了图，你们就知道这个发明有多么令人兴奋……

叉叉：
可能是过家家的冠军人选

当年，我还是一个天真淳朴（夏沅：我不信！）的小女孩，最热衷的就是和那些缺心眼的小伙伴在废旧的足球场一起……演戏。现在想想，可能我在公司年会上发光发亮的过人天赋，就是从那个时候开始培养的……

这个足球场，其实特别气派！足够我们在上面往八个方向撒欢打滚个两三天……很受小朋友欢迎。有一天，足球场边上的空地堆放了好几排巨大的水泥管，从此我们就有了舞台……

我们在水泥管上蹦蹦跳跳，划定好了每个人的家，水泥管里还铺了稻草，那是我们的床；（朵爷：……）水泥管边上有很多沙子，那是我们的米；我们白天在这里歇息，夜晚……我说不下去了。

印象中关于这个秘密基地最后的记忆，是我们被自己爸妈拎回家，暴打了一顿。第二天，我一看洗衣机里的衣服……恨不得也把自己打一顿。

虽然我差一步就拿到过家家界的奥斯卡，但还是想要奉劝大家……千万不要穿白衣服玩过家家啊！

（夏沅：……你的重点不应该是请勿模仿吗！）

（琴子：温馨提示，大家不要学习叉妹这种危（愚）险（蠢）行为哦！）

主持人发言：相信我，这种认真拼搏，不犯蠢不罢休的精神，在这个时代已经很难得了……其实好几回，我都想在这些欢笑背后和大家说一些真心话，大家不要看我们常在“小美好”里嘻嘻哈哈，其实大家都恪尽职守，非常认真地对待自己的工作……大家不喊苦，不喊累，只希望BOSS看到后发点鼓励费……（是的， 这就是传说中的一本正经地胡说八道……）

主持 / 张美丽

教师节特辑：编辑人生经验大传授！绝密！

一年一度的教师节到了！为了庆祝这个美好又神圣的节日，本期“小美好”，张美丽邀请了各位编辑化身霹雳老师，给大家传授自己十八年人生里提炼出来的人生经验！让大家在未来的日子里少走弯路，少被套路，早日走上人生巅峰！注意，资料绝密，请勿外传！

小锅：眉毛才是最重要的！

曾经有人问我，如果地球要爆炸了，只能选一种化妆品逃命，我会选啥？虽然我不懂，地球都要炸了，我还选化妆品干什么，但我还是选了命根子一般的口红。

直到现在，我才醒悟——选什么口红，一定要选眉笔啊！（敲黑板！）

今天早上，我像往常一样，摸黑就起床、洗头、化妆。对着镜子吹头发的时候，我总觉得今天的自己，看起来和平时的仙女模样有点不同。但是快迟到了，我没来得及多想，就被室友拎出了门。

在楼下等车时，室友盯着我看了很久，然后突然撩起了我的刘海："咦，你今天没画眉？只有半根眉毛，好好笑！"

各位，我活在世上快三十……不是，十八年！我只听过说我美的，还是第一次有人说我脸好笑。

好难过，我居然忘记画眉毛了！

这种感觉，简直就像穿好了短裙出门，却忘了穿安全裤一样，好没安全感！

我翻了翻包，可是只翻出五支唇膏……分别是润唇膏、变色润唇膏、大红色口红、橘色唇釉和唇部打底膏……并没有眉笔！

最后，我借遍整个公司（连丐胖都问了），终于借到一支眉笔，呜呜呜，恩人啊！

今后，如果有人问我女人的什么最重要，我一定毫不犹豫地选眉毛！

丐小亥：长沙是一个妖精，你们别来

来长沙前，村民们都夸我美，到了长沙，我才知道，我不是这个世界上长得最好的人。

心里有些落差、委屈，我低落地在大街上游荡，才发现这座城市……怎么有这么多好吃的！

我沉浸在其中不能自拔，有天照镜子，发现镜中人似乎大了一些，我以为是没睡好，水肿……嗯，直到今天我才明白，那不是肿，是胖。

都是美食犯下的错，而罪过却由我一个人来承担。

在长沙读书多年的朋友，毕业后去了北京、深圳，却每年都要飞回来找我吃几顿夜宵。

而我每次都会跟他们说：“你们为什么总是在我要准备减肥的时候回来找我吃吃喝喝？”

真的，这些人心太毒！

还有的朋友，几年没打过电话，偶然致电却是因为：“我老公（婆）要去长沙出差，你推荐几个饭店给他们……”

Excuse me（对不起）？找我推荐，又不喊我去吃，真的让我很难过，我又没在减肥期……

上次我因为做签售，要飞去很多城市，啊，每次回到长沙都要吃一碗辣椒炒肉才觉得自己美好的灵魂回到了自己的身上……

而且，说实话，长沙这座城市夏天把人晒得脱皮，冬天冷得冻骨，春天和秋天？呵呵，长沙人表示没有这两个玩意儿！被虐惯了，去其他城市可能活不下去……

我爱长沙，我的愿望是胖而美。

张美丽：出来混要讲信用！

自从做了杂志后，我的高冷病和傲娇症就越来越轻了，有读者跑来跟我说：“我觉得，你跟我初见你时的高冷形象一点都不一样哎！明明很和蔼！”（……“和蔼”这词是形容我这种少女的吗？）

每当这种时候，我的内心都溢满了酸楚与热泪，恨不得钻出屏幕握住对方的双手告诉她：“这，都是生活所迫啊！”

遥想当年，我还是一个年轻的、有着别样骄傲的冷艳美人，到编辑部三个月都不屑于讲一句话，因为觉得大家配不上我的美。而现在……

“为什么我的宝宝说昨天交稿，我却到今天还没有见到呢？”

“我这么可爱，你都不按约定交稿，你还有没有良心！”

“没交稿的美少女不理我，我的小心脏都碎掉了……”

……天哪！这还是我吗？还是那个骄傲、文艺的小公主吗？为什么、为什么作者们不遵守我们那年在大明湖畔许下的交稿约定？让我一个高冷美人，催稿催成了一个皮厚心糙的妹子！

从此以后，我再也不相信作者说的会按时交稿了。我的人生经验告诉我，他们说的“正在构思”意思是人其实还在外面浪，“打开文档了”是刚到家，“快写完了”是刚打开电脑，而在说完“马上交稿”之后，她们就该消失了……所以亲爱的读者，当一个作者说新书马上要写完上市的时候，千万不要相信哦！（举例：《成人礼晚点》，呵呵。）

夏沅：
你妈叫你全名的时候一定要躲起来！

我小的时候（……又是小时候）话特别多，牙尖嘴利，我妈每次训我，话都没说完就被我连珠炮似的话给堵回去了，回回都把我妈噎得干瞪眼。我妈一瞪眼不要紧……我就该挨揍了。

后来挨揍的次数多了，我终于总结出了规律：我妈每次揍我的时候都会先叫我全名……比如，“夏沅，你再说一遍！”总结出这个经验后，每次和我妈吵架，我都如鱼得水，十八般花样招式手到擒来，各种挑衅我妈，并且时刻竖着耳朵，只要一听到我妈叫我全名……立马闭嘴！

后来的成长过程中，我又不断地总结出了各种新的经验，在挑战我妈“底线”这条路上一往直前、越挫越勇，比如我妈生气的时候说不揍我，千万不要相信她；比如家里的鸡毛掸子一定要藏在她找不到的地方；比如……不管怎么样，我都相信，她真的很爱我！（叉叉：咦，画风变得太快！）

叉叉：要用心去交流

作为一个才华横溢遭天妒忌的少女，我的血泪过往完全可以拍成一部《哈利·波特》系列电影……

比如，我用吸管喝酸奶的时候，吸管死活插不进去，最后吸管只能英勇捐躯……（不要问我最后怎么吃到酸奶的。）

比如，夏天我想开空调的时候，明明遥控器平常都在房间某个角落放得好好的，结果忽然找不到了，于是我三伏天昏厥在房间里，凉席变蒸板……（朋友，你经历过绝望吗？）

但是坚强（糙汉）如我，会被这一点点挫败打倒吗？从小朵爷就（朵爷：……）教导我们，遇到困难，我们只能迎头而上！百折不挠！坚持不懈！对待这些有脾气的吸管、遥控器……要用心去交流！

从那天起……我每天都在和它们斗智斗勇，比如只有趁吸管一个不注意猛地插下去，才有可能真正用吸管喝到酸奶！比如只要装作不在意地往沙发上一瘫，就能迅速找到消失的遥控器！

……啊，小朋友们，我的人生经验，真的是一个宝库……

（夏沅：喂？120吗？我觉得这个人可以再抢救一下……）

特别插播 1：读者朋友们的教师节

正经元宵：初中班主任是个东北爷们儿，每次生气的时候平翘舌不分。“咋的？你以为你很 suài（帅）捏？瞅瞅你这 pè（破）裤子，告没告术（诉）你学校不样（让）这样穿？”

勇敢原谅自己：英语老师，年近半百的人了，说起初恋时老脸绯红。她晚自习时想上厕所，怕鬼又不敢明说，便问来问问题的同学：“你想上厕所吗？”被拒绝后没办法，只得说，“那你陪我呗！”英语老师会和我们一起探讨明星，会在运动会时为我们加油，会在厕所里看到我们蹲坑时特惊喜地来一句：“嘿，你也在啊，真巧！”（但是我们真的吓得恨不得提起裤子，弯下腰说一句“您先请”。）

惧斟：初中数学老师娇小可爱，讲题讲到忘我的时候会捋刘海，露出鼓鼓的聪明大脑门儿。她跟我们讲题时，说：“这道题难就难在题目这么长，同学们一看就不想往下念……”哈哈哈！午间她自己掏钱给我们买甜筒，让我们赶快吃，站在门口守着，给我们放风，防着教导主任。可是我已经毕业了，再也见不到这么好的老师了。

特别插播 2：和小花琴子说再见

作为“小美好”栏目嘉宾——“三大巨头、四朵小花”里那朵觉悟最高、被朵爷亲切称为“党妹”的小花琴子，为了响应本期“小美好”的“教师节特辑”，毅然决定加入光荣的人类灵魂工程师队伍，成为一名教师，去为人民培育更多的祖国花朵！

我们在对她进行了痛殴以及糊了她一身眼泪、鼻涕之后，纷纷送上了叮嘱和祝福，比如不要和小朋友打架啦，也别骗他们的零食吃啦，还有别喝太多咖啡了，你桌上那包从国外带回来的咖啡，我就帮你消化了吧……

（朵爷：你们为什么要这样对琴子！琴子走了后谁去拿饭！谁来集资买零食！）

（琴子：虽然我很舍不得，但是BOSS，我可以现在就走吗？听不下去了！）

…………

相聚有时，离别有时，再会亦有时，保重！

那些年，
我们错过的人生大事！

主持 / 张美丽

人生路漫漫，尽是些遗憾！

大家好，欢迎来到本期的“我们的小美好”栏目。这期的话题很沉重哦，简直听者伤心、闻者流泪、看者也沉醉哦——

那些年我们错过的人生大事！

下面，就跟着我们的镜头，来听一听编辑部同志们的血泪史……

小锅：
我难过的，不是别人嘲笑的目光……

当年我和朵爷还有魔幻组的易小巫一起报名考驾照。我们顺利地过了科目一去考科目二，前面几项我都通过了，只剩下最后一个最简单的S弯道。我哼着小曲儿一踩油门就过去了……然后就挂了！

从此以后，我背上了甩不掉的“逢考必挂”诅咒。

在第四次挂了以后（挂五次就得重新报名），我一直不敢直视教练，教练也是一脸恨铁不成钢，回去路上我死死抓住安全带，生怕教练气得一踩油门开往湘江，跟我这不争气的学生同归于尽（？），吓死宝宝了。

这事快过去两年了，朵爷和易小巫都已拿到驾照，而我至今不敢去考第五次，连教练大人都抱憾（并没有）退休了，我猜我应该被驾校除名了吧。

现在，每当有人驾考时挂了心情不好，别人就会这样安慰他：“哎哟，这有啥，小锅连科目二都挂了四次呢！”

前阵子存了一笔钱，我在群里喊要存起来买车车，大家表示不信！我不服，就这么不相信我能存下钱吗？他们一致说：“我们是不相信你能考到驾照！”

唉，每每午夜梦回时，我都哭着捶胸口问自己，为什么第一次考试的时候不能正经一点？！

我难过的，不是别人嘲笑的目光，而是我那几千块补考费啊！

朵爷：快来崇拜救火英雄！

还记得我曾是一个救火英雄吗？

可能以前说过！但我不得不再重申一遍！这件事影响我的一生！

小学的时候，有一回周末在山里玩，突然发现山里起火，于是和小伙伴们奋不顾身（并没有）地扑了过去！旁边有个小男生把裤子一脱正想以尿制火，结果因为火势实在是有点小，他还没开始火就熄灭了……

但是这一壮举，惊动了村长！村长从山那头赶来，赞许地摸着我们的小脑袋，勒令小伙伴穿好裤子，然后拿出小本本儿写上了大家的名字，他跟我们承诺，一定会在星期一的课间操上念给全世界听！

好激动，星期一我穿上了最体面的衣服，涂了“香香”，用我妈的摩丝抹了抹头发，还自作主张地拿口红在眉心点了一颗美人痣……像个英雄一样去了学校！静静地等着课间操的到来……

结果！我到现在都忘不了！我们课间操之前那节课是数学课！下课铃一响！我像一阵风，一条大腿都迈到了教室外面，那个老师竟然把我拎了回来！他说他要再讲几道数学题！

我……生气！但并没有办法，只好窝囊地回座位……眼看着课间操就要开始了，我只好死心，并竖起耳朵听外面的动静……

啊！校长真的表扬了大家！我的小伙伴都一个一个被喊到台上接受世人崇拜！

而我！一个十岁的小女孩儿！彼时只能在内心撕心裂肺地呼唤：我！还有我！你们快来崇拜我！

唉……

人生唯一光辉的时候，竟然没有亲眼见证……

丐小亥：来自时代弃儿的怒吼！

是这样的，作为编辑部的“宠儿”……的我，其实是这个时代的弃儿……

我不喜欢用支付宝、逛淘宝，因为我觉得买个东西要搜索，还要准备 N 个密码，我大脑的容量不是用来储存这些东西的！（并不是我年纪大记不住东西！）而且每次在淘宝上买到的衣服都不合适，都小了小了小了……直到有一天支付宝开始发红包，所有人都在群里分享“哈哈哈，我又抢到了好多”“这个月的房租都抢到了……”的时候，我的心里在淌血！那些钱都是我的，我的！于是，为了不再让那些属于我的红包……流入别人的账户，我终于开始使用支付宝了！然后，那个月我卡里的钱突然少了几千块……（不要问我钱去了哪里！我怎么知道！我明明没花钱……）

现在出行都喜欢使用滴滴、优步等各种打车软件，但是我不想注册，因为注册后手机会收到许多乱七八糟的信息！有一次，我要打车去机场，我姐就说你用滴滴，我说我不，她说你不用明天就去相亲……我很屈辱地打开了滴滴，然后发现原本坐出租车需要一百来块钱车费的路程只要三十多块钱！坐在飞机上，我只想做一件事：不要拦我，我要去找出租车司机要钱！啊，那些省下来的钱可以让我在淘宝上嗨玩好一阵子了……

夏沅：
我就是传说中的软萌少女……

想当年，我还是一个手无缚鸡之力的萌少女，只有八十斤哦（叉叉：你咋不说你身高呢，只有一米五五哦！）。

有一次课间，前排女同学拿了一瓶罐头，怎么都打不开，大家为了表示同学之间团结友爱、互帮互助的美好革命友情（真的不是想吃那瓶罐头！），纷纷主动要求帮她开。我眼睁睁看着那瓶罐头在我前面转了一圈，在我后面也转了一圈，竟然没人能打开！

转到我这里时，我心想，反正大家都没打开，我也意思一下算了！

拿到罐头的时候，我还很做作地补了一句：“我只是试一试哦，其实我也没什么力气的！”然而！就在我转动瓶盖的那一瞬间！打开了！打……开……了！周围的同学震惊了！我也震惊了！前排女同学拿走罐头的时候那一抹无法言喻的眼神，我到现在也忘不了（同学你别走，大家别走，听我解释！别走哎哟喂……）。

从那以后，我就得到了“大力神”的称号，大家拧个瓶盖也要找我帮忙（真是做作哦！）。所以我现在可以徒手装书柜、装书桌、装椅子，这一定都是那时候留下来的“后遗症”，其实我也是个萌妹子啊！我讲真的！你信我！

叉叉：如果再给我一次重来的机会……

大家知道，长沙的温度一向都很随便！那天又降温了，我赶忙在小短裙外边儿加了件外套，拿着一把只有偶像剧里才会出现的伞就往公交车上冲！好不容易站上去之后，我就把伞柄往我背后的书包带上一挂，空出手抓紧吊环，完成了一个难度系数为 0.00009 的动作！（此处应有掌声。）

那个时候……我就该察觉到这把伞……比 2002 年来得更重一些的……

在清晨喧嚣的公交车上，我一眼就看见了那个也望着我的目光灼灼的美男子……在人群里闪闪发亮。

想起我五岁被搭讪的杰出经历，我感觉我们之间有一股暗流在涌动，那是他和我都懂的一种神奇电波……即便报站声已经响起，我仍痴痴地与他对望……然后他就真的朝我走过来了！

一直到他开口前，我还在脑补什么《命中注定一起补习》《来自公交车的你》之类的。

“你的伞……挂裙子里了……”

挂裙子里了……

裙子里了……

裙……哦。

青春时候（张美丽：我呸！）的邂逅……是那样懵懂青涩，像是一道不会淡去的伤痕，永远铭刻在我的心上……

如果再给我一次重来的机会，我一定……不会错过下车的机会！

一定不！

主持人发言：因为字数超标（其实是因为他不红），而被强行踢出来的（以为我们这个栏目是这么好上的吗！）丐小亥组编辑十颜也发表了一下讲话，大意就是一个学渣（十颜：只是数学渣好不好啦！）哭着抱住老师大腿，求多给两分不挂他科的“冷面老师求放过”的故事。当然他失败了，所以他放弃了有《高数》的考研，来我们“万科演艺中心”当起了影帝，成了魅丽移动表情包，呵呵呵……

好了，观众朋友们，以上就是本期“小美好”全部内容，最后，让我们借用影帝的一句话作为本期的结束语：

塞翁失马，焉知非福。或许冥冥中的那些错过与遗憾，却成就了另外一个你呢？是吧？

先定一个小目标！

主持/叉叉

新年新气象！编辑部的同学们现在都在埋头苦定自己的新年小目标，一派欣欣向荣的景象！……只是也有那么几个人（隔壁“言情班”的班花小锅），一脸骄傲地跟我说：“我没啥小目标，小目标都实现了！”……过分！你这是炫耀！我、我喊我们组长打你了！她比八个夏沅力气都大！（朵爷：……）

丐小亥：我要留在市中心！

我买了一套房子，还贷五年了，至今没有住进去，主要是离公司和市区太远，而我想留在市中心！不用坐太久的公交车，偶尔发神经还可以走路下班，而且公司的美人儿和王子们（？）都住在这边，离开了他们，我就像鱼儿离开了水一样，会死的……（众小编：一个老……单身汉真的好可怜啊，BOSS，放三天假让我们去脱单吧！放假！放假！）所以，我有一个小目标：BOSS，送我一套房子呗！

我注册了一个微信公众号（gaixiaohai2014，可以搜一搜加入噢），创建一年多了，终于在9月运营起来，第一次发文的那天晚上，我看到一个读者在后台说："没想到有生之年能看到这一天，可是我怕《成人礼晚点》上市，我是等不到了……"尊敬的读者大人，不要放弃！连作者都没放弃，再等一等，熬完这个冬天，说不定就等到了！所以，我有一个小目标：及时更新微信内容，早日让《成人礼晚点》上市！

自从叉妹接手"小美好"以后，每次要写互动了，我觉得她都要疯了……她好几次搬着小凳子坐在我身后，说，"你不写我不走。"我说叉妹，你坐在我身后就算了，你喝着咖啡啃着鸡翅是怎么一回事？！这次写互动，她找人送了一条速溶咖啡给我，后来我才得知，这东西是卖咖啡的小哥送的。叉妹，你好意思？！我有一个小目标：朵爷，让叉妹离开"小美好"这个栏目！

小锅：给朵爷买个会员吧！

最近的小目标是，做一个早睡Girl。

下定决心后，当晚十一点我就把自己放到了床上，觉得实在太早，先刷会儿微博吧，没刷两下就十一点半了。

还是觉得有点早，其实十二点前睡也很早对不对，我一边这样安慰自己，一边点开了淘宝，加了几样东西在购物车里……咦，怎么就过十二点了？！

那……既然都十二点了，不如去游戏里抽张卡再睡吧，说不定今天就抽到了SSR（卡牌游戏中级别最高的）呢！

在连抽五张都是垃圾R之后，我终于生无可恋地放下手机准备睡觉。

一扭头看见室友也在抽卡，我不由得在旁边给她助威大喊一句：“出大天狗！”

结果！真的！被我喊中了！

当晚我们都久久不能入睡，室友抽到了梦寐以求的大天狗激动得翻来覆去，而我咬着被子“嘤嘤嘤”羡慕地哭了半宿。

早睡的小目标暂时失败了，不过我会继续努力实现的。毕竟我这祖传的美貌，不能断送在我手里。

不过我知道朵爷的小目标，她已经数次委屈地找我抱怨（其实是暗示），她现在可能不红了，都没有粉丝给她充微博的会员！

所以，求求大家，发发善心完成一个过气网红的小目标吧。十块钱买不了吃亏，买不了上当，但是可以让朵爷重新找回一个网红的自尊，善哉善哉！（替你说出了心声，以后不要在桌子下面踢我了。）

（朵爷：我不知道这个人为什么要黑我，我根本不是那种需要会员的人！毕竟现在发条微博也没有几个人理我了……咦，怎么好像更心酸了？）

夏沅：
来，朋友，跟我一起读：心宽体胖（pán）……

朋友辞职去旅游，在得知我最近忙成狗之后特意打来问候电话：“度假的日子好惬意啊，连体重都养回来了好多斤呢！”呵呵……度假了不起？一点都不羡慕嫉妒（才怪）的我果断反击她：“那是因为你心宽体胖（pàng）啊！”

话音落下，空气冷了十秒……又冷了十秒……又十秒后，她终于忍不住纠正我：“那个字念……pan（第二声），心宽体胖（pán）！！”天啊……好丢人啊！

回想当年，我也是上知大气洋流，下知三角函数，《琵琶行》《赤壁赋》张口就来的知识储备小达人啊，魑魅魍魉都认识的我今天竟然在心宽体胖上栽了跟头！能忍吗……不能！

于是我痛定思痛，决定给自己立一个小目标：先学完一本《汉语词典》！每天早晨出门背一个，下班回家进门背一个，临睡之前再背一个，一天背三个，一年背一千零九十五个，哇，十年下来，一万多个诶！！（叉妹：一本词典背十年的人，有什么好开心的？）

好啦，开玩笑，我今年的小目标上次已经和大家说过啦：二十四岁这一年我要看一场演唱会、旅行四次、看五十本书、七十部电影。我最近也真的在朝这个目标努力了，你们呢，不妨也立一个，一年以后我们比比谁做得好呀！

叉叉：
很快我就要发财了！

最近的长沙太冷了，大家都在疯狂买买买，每年冬天都冻得打摆子的我，也趁着双十一买了一大堆什么电热毯啊、电暖鞋、电热鼠标垫、让我看起来有三百斤重的超厚毛衣……有天，我穿着这件毛衣出门见老同学，她在看见我的那刻花容失色："你怎么变成一只蚕蛹了啊！"

在这样的疯狂购物下……我的钱包迅速地消瘦！交房租的时候，我抱着房东的大腿爆哭，再给我五百年……可不可以！工资都还没焐热嘞！……然而房东大哥只是开心地收了钱就走了。从那天开始（其实是每时每刻），我就给自己定了个小目标——做一个富婆！

我每天加班，研究各种银行存钱、基金定投，甚至股票，最后以朵爷为首，我们全组都买了一只八百年都不会跌的那种基金……妄想着发家致富。一想到明天醒来就会成为富婆，开心得觉都不睡了！

然而事实却是……第二天醒来之后，我顶着黑眼圈到了公司，就看到同样顶着黑眼圈的朵爷带着我们组的妹子，拿着电暖鞋捶胸顿足：“叉妹，扣了四块多钱！我要打洗（si）你！”妈呀，说好的八百年不跌……怎么我们买的第二天就开始跌啦！

诶，发财真的是太难了，希望朵爷好好反省！我们的小目标定得实在太大啦！（顶锅盖跑！）

朵爷：听了我的目标不许打我……

每到年初的这一期，大家就都开始热情高涨地给自己定目标……我只想问下大家，其实做这期的时候根本才 11 月，你们谁还记得自己年初的目标？你们完成了吗？安？！

是不是，振聋发聩！令人深思！

好了，我来说说我的目标，我的目标就是，长胖十斤！

说到这里，我相信那些正在减肥的人已经生气地把杂志撕了……你们这些人，我和你们讲讲心里话啊，瘦不如胖啊！

我每年春夏秋冬基本都没有穿过裤子（不要误会），因为我每次去淘宝买裤子，都会频繁地点开商品详情看一个东西，那就是——腰围！什么 68cm 的腰？有什么脸说自己是“加小码”？？什么？松紧腰的起步竟然也需要 62cm？？老板！这也太松了吧！裤子会掉好不好！该换紧一点的松紧带了！咦……60cm 啊……要不塞两件毛衣进去凑合穿吧……

平常出门，剪头发的看到我，会问，你怎么这么瘦？

按摩的盲人用手碰到我，就跟见鬼一样吓得一弹，哇，你太瘦了吧！

就连早上卖包子的大哥都经常心疼地多送我两肉包……所以我每天早上都吃五个包子！

我感觉自己的人生充满了怜悯的目光，当然也有一些不喜欢我的人……会阴阳怪气地说（又要被我听到，生气！），哇，她怎么这么瘦啊，她是不是吸【哔——】啊，一点胸都没有了，啧啧……

那又怎样！我是80斤里最好看的！

不过，这些都不够难过，最难过的是，每次P照片，别人都是把自己液化瘦，而我！需要把自己拉胖！

不说了，我感觉我说了这么多，夏沅小胖也依然想杀了我……

主持人发言：这期“小美好”，我本来特邀了张美丽同学，结果她造作地端着咖啡杯和我：“我的目标啊……学会一首钢琴曲，学会一支舞，学吉他，买kindle（一种电子书阅读器）……然后我都完成了哦，嚯哈哈哈哈。”……这个人真的好烦哦！看在她都完成的份上，我特地把她放在了末尾，希望读者崽子们都向她学习一下，也给自己定个小目标哦！

抠神大比拼

主持 / 叉叉

自从我七块九包邮的打底裤传言流传于编辑部之后，好几个新来的妹子天天在我背后偷偷摸摸地说："她就是那个七块九……"把话说完！什么七块九？认都认出来了……请给我捐钱好吗！好不容易平静下来，又收到了仙女锅的消息："我退出这场比赛！我实在不知道在你和丐胖中间选谁！"……不行，这次是我（和丐小亥）的主场，谁都不能抵赖！

朵爷声明：本期主题，"抠神"是一个褒义词，我们意在弘扬勤俭持家不肆意浪费的中华美德……不论是谁得到了这个称号，都值得被每一个人赞许！所以请大家不要误会！

毕竟……如果不这样声明，也没有人愿意来参加这个话题……

好的，我的声明到此结束。

丐小亥：
这都是我的传家宝……

说真的，虽然我富裕，一不开心就半夜穿起裤子一个人去吃夜宵（有点心酸）……但这些年来，我最喜欢穿的一双鞋只花了四十五块钱。

那是在长沙最潮的街区淘到的，之前同事穿了一双，我觉得这鞋子真好看，只有我才能配得起。买到之后的那个夏天，我每天穿着它上下班，觉得自己像个微服出巡的王子。

怎么说呢，这样不羁的我总是容易遭人嫉妒。小锅和朵爷三番五次地问我：你能不能换双鞋？呵呵，我不能！只要我一脱下，她们俩第二天就会换上同款的女士鞋来炫耀。这点小心机，我未必察觉不到？！

那个夏天，我最闪耀！

而且，这双鞋陪伴了我好几年吧。某年回家我也穿着它，第二天早晨起来，我妈丢了一双新鞋给我，说：“不要再穿那双乞丐鞋了，净在家丢我的老脸。”

唉，连我妈都要嫉妒我，这个世界真的变了。

也就是在那个夏天，我还买了一条军绿色的短裤，我超爱它。直到有天走在路上，朵爷鬼鬼祟祟地跟我说：“王子……你屁股有个洞……”

我很伤心，不是因为朵爷身为女生看我的屁股不害臊而难过，而是我最爱的裤子它就要离开我了……但在前不久整理衣服时，我发现这条裤子还在衣柜里。嗯，留给子女吧，他们可以依稀看到父亲当年的风采……

小锅：年会养活朵爷

我想了又想，在丐胖穿了八年的兔毛皮衣和叉妹七块九包邮的棉裤袜中，艰难地把这一票投给了我的好闺密、魅丽的好同事、雨花区人民的小骄傲——朵爷。

前几天，朵爷开心地在微信朋友圈里发了一张在家吃火锅的照片。

除了一盆又一盆的蔬菜之外，突然觉得煮火锅的那口锅有点眼熟。

咦，这不是八年前，公司在年会上发给“优秀员工”的那个电火锅吗？我当时也有一个，被我在年会后以一百块的“高价”转手卖给了另一个同事。

她居然还在用！

真是……男人看了会沉默，女人看了会流泪，不投她就不是 ×× 人啊！

我有个不成熟的小猜想，隔年的年会发的那条毛毯，她肯定还在盖。（赌一块钱。）

对了，你们给她送微博会员了吗？我刚去看了一眼，她的小皇冠还是灰色的。

你们就给过气的网红编辑一点安慰吧！

朵爷：就算是仙女也可以角逐抠神的！

我觉得小锅这次有点太大意了……

我知道，你们对小锅的认识，基于她每天化着浓妆、穿着高级淘宝定制……就觉得她是一个挥霍的有钱人！

其实不是！

之前我们一直在“同居”，因为穷，我们经常在超市大减价的时候去买东西。比如说，我们去买卫生纸（一大袋卷装那种），我一般是看到大红色的“降价”二字就扑上去，而小锅会冷静地拉开我，然后在整个卖纸的区域巡视三圈，筛选出品牌和价钱最相当的几类产品。然后，她一边仔细端详着产品上面的详细说明，一边碎碎念，以最快的速度得出一个公式——

（强烈备注：这个公式大家可以背一背。）

好啦，它是——

（卫生纸卷数 * 卫生纸层数 * 卫生纸规格面积）/ 定价 = 性价比

性价比值高的就买！低的就扔到货架上！还要发脾气：“这么贵，怎么不去抢？”……

天啊，你们懂吗，曾经的小锅，是一个在数学领域连个位数相加都要借人手指头的蠢妹儿。而此时的她，让我这个心算小神童（小锅：谁给你编的外号？）自愧不如！她是行走的计算器！新时代的神算子！卫生纸的代言人！

公式都送给你们了，你们还不给她投一票？

如果你们还在犹豫，那我再告诉你们，有一年冬天，我和小锅穷得买一床被子的钱都没有了，艺高人胆大的她，不知道用了什么办法……几天之后，我们收到了一个富有作者寄来的冬被……啊！感谢那个作者！温暖了我们一个（八个）冬季！

小锅！不要谦虚了，抠仙儿……就是你！

张美丽：我投薅羊毛高手一票！

为什么要喊我来参加这个话题？我一点都不抠好吗！我可是魅丽摩的小飞侠，明明一块四毛钱公交费、零毛钱走过一个十字路口就可以到公司，我却偏偏要花上六块钱（是六块钱啊，同志们！）打摩的过来，为了什么？大冬天的穿毛呢长裙跟个仙女似的，把头发梳得一丝不苟做作地坐在摩的上受尽冷风吹，又是为了什么？还不是为了显摆我大方！我有钱！我不抠！（并不是因为要迟到了！）

但是我知道，有一个人，她抠得出血！

那天，我斥九十九块钱巨资抢了一块羊毛薅子，虽然觉得组里的成员买不起，但想着同事情分(……呸！)依然分享了链接给他们。第二天，淘宝提醒我说，有人点进了分享链接。什么，居然有人买得起？我赶紧点进那个人的淘宝主页想看看是谁，然后看到了马云爸爸给她主页标的标签是：薅羊毛高手……天啦，这个人抠得马云爸爸都认证了！

这个人就是——嗯……可能是叉妹，也可能是朵爷。都怪马云网将用户名匿名了，不让我看！不然我一定不会和这样的抠鬼交朋友，因为她配不上我魅丽摩的小飞侠的气质！哼！

叉叉：是你们太奢侈了

最近编辑部都在取笑我七块九包邮的打底裤……哼！其实不是我太抠，是你们太奢侈！我猜整个编辑部，睡了三年二十块钱包邮的电热毯的也就我一个了吧。

（朵爷：你骗人！你根本就不惜命！）更别提我十五块钱的强劲电风扇（只是每年到了夏天就需要手动组装）、买衣服加十块钱送的背包（特别好用），还有我二十块钱两件的纯棉短袖了（都穿不烂）。

前几天，小伙伴们在群里特别热闹地讨论起出去旅游要用的行李箱，朋友A表示她的行李箱花了五百多，在我还在震惊的时候，其他人都开始惊叹起来：“天啦，这么便宜！”“才五百多好划得来呀！”“哇，在哪儿买的快给我链接！”……什么鬼？五百多的行李箱诶！我开始不甘心地插话：“五百多还便宜啊！我的行李箱只要八十多还是在实体店买的嘞！”

朋友A：“……用了几天？”

我：“都快六！年！了！”

鸦雀无声。

我望着伴我走过天南地北的行李箱欣慰地笑了，虽然从那以后，大家再也没有吃过我的安利，买过我推荐的东西，但是我相信，我们的读者朋友是会和我有所共鸣的！我不是抠，我只是节约！

（夏沅：话都说到这儿了，可能只能给叉妹捐点钱了……）

主持人累了，不想发言。

为了不单身，我们都做过什么努力？

主持 / 叉叉

以前只要让大家交互动，办公室里就开始唉声叹气，（怎么回事！有没有一点为读者奉献的精神！）然而这一次的“小美好”主题，却让整个编辑部文思泉涌，争着抢着要回答哦！尤其隔壁组的丏小亥，对着电脑屏幕在键盘上十指翻飞。有那么一刻，我仿佛看到了著名钢琴家朗朗……也感受到了大家想脱单的决心！如果十年后《花火》要举办一个单身贵族大会，我一定给你们颁冠军！

（众编辑：又咒我们！快把这个人拉出去！）

丏小亥：连我的牙刷都不是单身了……

以前以为自己脱不了单是因为胖，后来发现公司里比我更胖的人都结婚了……（我并不是在暗指 BOSS！）

心思聪敏的我，终于发现，难道是因为我丑？！……可我身为香樟路（加大版）吴彦祖，我拒不承认！

有时候单身久了，会做出一些奇怪的事情。出去旅游，看到庙就想拜一拜，可是跪在佛前，我只想问，要磕多少头才能换来一份姻缘呢？

——可能要磕烂我这美丽的额头吧！

站在清迈的街头，来来往往的美人儿那么多，我转身对朵爷他们说，明天我哪里也不去，就蹲在这里。麻烦你们找个人，帮我在前面写一行字：求一枚女子回家成婚。除了中文，请翻译成泰语和英语……

有一天，朋友来我家，看到洗漱台上放着两把牙刷，欣喜地问我，有情况哦！！

我站在阳台冷冷地说，都是我自己的。我只是在安慰牙刷，我不想让它也一直单身下去……

对了，我吃饭都会摆两个碗……

小锅：
我是仙贝中的公主！

这期话题对我来说，是道难过的坎儿。毕竟，我这么一个平易近人的小仙女，根本不需要为摆脱单身而努力。

好了，就这样结束吧。（渐行渐远……）

（朵爷：你给我滚回来，跪着也要写完四百字。）

大家好，我又回来了。其实要做一个体面如我的小仙女，也是很不容易的。

首先，化妆品真的很贵，指甲盖儿大小的盒子就要几百块，作用可能就只是抹在眼睛下面的卧蚕上，一不小心还会被不识货的人（比如朵爷）说成“哇，你的眼屎在发光耶”……更别说，还要买口红、粉饼、眼影、眼线笔……

其次，衣服真的很贵，换个季就是一次人生大考验！去年的衣服不能穿了吧，一个星期总不能穿重复的衣服吧，当季新款不买对不起自己吧……可是，为什么每天还是没有衣服穿？

前几天，我姐打电话过来：“老妈让我来问问，你啥时候可以嫁出去？”

我说：“我是仙女！仙女！凡间没有汉子配得上本仙女！”

过了一分钟，我姐冷冰冰地回我：“老妈说了，你顶多算个仙贝。”

哼，那我也是仙贝中的公主！

张美丽：
我一定会成为最早有对象的人！

这个主题真是……主持人，请问你有男朋友了吗？你没有！那你为什么要搞这种伤敌一千自损八百的主题戳大家痛处？

你们不知道，我司有一个很可怕的传说——一入魅丽深似海，从此男友是路人。这话大意就是，大家进了魅丽，就不要想找到男朋友了哦！你看我，一个如花妙龄少女，来了这里就从万人追的小公主（朵爷：……）变成香樟路著名单身行为艺术家了哦！脸也从韩雪、王珞丹、江一燕变成权相宇了哦（我是不会承认的）！

还有居心不良的同事，偷偷跟朵爷打探，张美丽这么久不谈恋爱是不是同……这位同事，你想说同什么？敢来当面问我吗？！

我也想要男朋友，谈甜甜的恋爱，做个对别人颐指气使的小公主！我也想有人帮我扛米、修水管、逛街付款的！为了这个目标，我最近每天都洗头出门了！甚至琴也没练了，天天跟着一帮大男人在游戏里杀来杀去！我相信，凭借我的努力，一定可以成为我们组最早有对象的人！

（叉叉：你就做梦吧！）

夏沅：
谈恋爱……你以为我不想吗？

当初年纪小不懂事，大学报的是新闻专业，进班的时候放眼一看，我们班男女生比例是……1 ：8！隔壁播音班的男女生比例是……1 ：20！

后来勉强安慰自己说，没事，旁边还有所学校呢，然而路过的时候才发现……旁边居然是所……卫校！（大写加粗的难过！）

再后来工作了，我妈每次打电话都会旁敲侧击："你们公司有没有漂亮的男孩子可以谈恋爱呀？"飞速地把公司仅有的几个男孩和 BOSS（大胆！）在脑海里过一遍："妈……别想了……一个都没有！！"

然而前一段时间，我突然发现，在山的那边（开玩笑）竟然有一所大学！于是每天下班，我都会利索地关掉电脑收拾东西，然后和坐在对面的叉叉眼神交流：老地方，约吗？

每次走在校园里，都觉得自己瞬间年轻了好几十……哦不……好几岁！并且忍不住和叉叉咆哮：我们上大学时为什么非要选择一个没有男生的专业？！

所以大家，如果你在校园里看到两个孤独的灵魂（叉叉：什么鬼？！），请不要惊讶，要善待她们，毕竟每一个单身的少女，都曾怀抱着一颗想要谈恋爱的心！

叉叉：我现在不想恋爱了，我只想发财

我觉得，这个主题如果改成“为了单身，我们都做过什么努力”……那我可能要讲上三天，讲到洞庭湖都装满我的眼泪！

之前我看微博说“我现在不想恋爱了，我只想发财”，顿时戳中了我孤单的灵魂……没错！恋什么爱！多碍事啊！（夏沅：……）工作那么忙，还有那么多读者和作者等着我去抚慰！（读者 & 作者：骗鬼哦！）哪里有时间约会？再说了，只要想到每天都要打电话发短信，鸡皮疙瘩都要从脚指头长上来……吓人！大家就不能各过各的，安心工作，一年见一次吗！（张美丽：难怪叉哥没有男朋友……）

总的来说，经济基础决定上层建筑，有存款才有安全感！工作狂如我，每天只对工作充满热情！只有看到发工资时银行卡的余额，才会有一丝宽慰，想着，啊，是不是可以开始谈恋爱了呢……

（插播一条实时新闻，财务部同事：发工资了发工资了，之前那些碰瓷的人都赶紧去查一下！）

（小锅：听着像是说我……）

刚看了眼工资……啊，单身多好啊，单身有更精彩的人生！我还是致力于发财吧！想到这里，我打开微博，想对点明我人生的博主表示感谢……然后发现后面还有一句：

“呵呵，天真。恋爱，你还可以想想。发财，你想都不要想。”

我：“……”

……我还是继续为脱单努力吧！

主持人发言：看到大家这么努力……我流下了动容的泪水，也好像终于明白了大家单身的原因。（张美丽：又黑！）不过也正是因为单身，才让我们的友情更加深厚！大家自由地互相关怀（攻击）、互相慰藉（伤害），比楼下卖包子的大姐还要操心对方的人生大事……这样感人肺腑的同事情还能去哪儿找呢？张美丽同学，请放下你手里的电风扇和板凳，单身是自己的原因！不能因为我在光棍节祝您年年有今日岁岁有今朝就想碰瓷！……各位同事，我先撤了，来年单身贵族大会的时候……再见！

（微博观光团）

@没有圈圈的叉叉

早上……和@朵爷 偷偷摸摸地点了手冲黑咖……瞬间精神抖擞！不喜欢苦咖啡的公主@俗艳少女张美丽 在旁边一直感慨："喝黑咖的人……"我："咖啡再苦，苦得过人生吗？"张美丽："……"#今天也完美地K.O了张美丽#

我有一个惊天大秘密！

主持 / 叉叉

“秘密”主题定了之后，办公室的氛围变得有点微妙，有好几个人（我就不点名了）眼里泛着光跟我说：“真的吗？什么秘密都可以写吗？”当听到我说“要能上杂志的那种”之后，小锅就有点不高兴：“哼，我这里都是不能上的那种！”（开个玩笑）……哇，快让我们来看看大家都写了些什么惊天大秘密吧！

丐小亥：我有一个隐藏身份

有天晚上，朵爷偷偷摸摸发了一张照片给我。

图转了好久，我担心地问：“不会是少儿不宜的图吧……”

朵爷打了一串省略号后说：“你仔细看看，是不是好像你！”

等图终于现了原形后，我质问她："你为什么要偷拍我？！"

朵爷说："你要脸吗！你跟他之间只有手像！都是一双肉肉的手！"

不可能的！我认真地看了那张照片，又看了镜子中的自己，天哪，这就是我啊！

——朵爷发的那张照片是黄轩！

我还是太单纯了，以为自己一直长得像吴彦祖呢，没想到长得和黄轩一模一样。

那天之后，我找了好多黄轩的图放在自己的手机里，偶尔拿出来给朵爷看，朵爷都会很生气地离开……可这个秘密最早不是被你发现的吗？你告诉我之后，为什么不能告诉别人呢……

于是，按捺不住的我在微博上跟大家分享了……# 我就是一个不能有心事的男孩子 ## 愿意把所有美好共享 #。

小锅：
一级韩语大神！

在我们"笑春来演艺团"里，丐胖和我都是能歌善舞的一级演员，朵爷也是，但她只有演技而已。在 KTV 里，我和丐胖可以从《南泥湾》唱到《好运来》，朵爷只会低头刷手机或者摇骰子碾压别人，她说她不爱唱歌！

其实！并不是！！

许多年前，在一个阳光灿烂的下午，我们俩看见附近的 KTV 搞活动，一个小包只要十几块钱。两个人鬼使神差地就进去了，在一个不足十平方米的小包里，开始唱歌。

不记得是谁先点的韩语歌，我们居然很嗨皮地唱完了（？？），接着就一发不可收拾，连续点了一屏幕的韩语歌，我们唱完李贞贤唱高耀太（好了好了，我知道你们没听说过这些老组合），东方神起和SJ的歌也是信手拈来，就这样蹦蹦跳跳地唱了一下午。

重点是——其实我们俩连一句韩语也不会说。

第二天，人群中我们对视一眼，彼此会心一笑，我们之间仿佛拥有了一个天大的秘密。

朵爷：我的工作实在是太忙了……

我一直是一块做生意的料，但因为工作实在是太忙，就连周末都在奋不顾身加班的我（希望BOSS能看到我编出的这一细节），不得不错失种种副业良机，要不然我早发财了！

前阵子，我终于幡然醒悟，悄摸摸地开了一个淘宝店，进了好多十块钱左右的货……然后就放在那里没有管了。

结果，悄无声息的时光里，我拥有了第一笔订单！来自某省的一个发型师！那位小伙子买了一个金光闪闪看上去很值钱的胸针！却要十五块！当我兴高采烈地宣传这件事的时候，大家都替我高兴，当然也有一些人，摸着那个高贵的胸针，翻着白眼问我：“这个，手指大的东西，要十五块？”

张美丽……你不配留在我们时尚圈！哼！

不管，我是要发财了反正，趁热打铁在微博发了小广告，正式开始了我的卖家之路！

发广告的第一天，哇，天哪，好多人啊，大家都在呼唤我——

“朵爷！我来了！”

“朵爷！你开张了吗！”

“朵爷，你店里有超过十块钱的东西吗？”

我的手机快被打爆了，我打电话给我的客服小刘（也许小刘根本不知道他刚刚已经就业），小刘激动地帮我回了一个晚上！第二天，我问：“怎么样怎么样！是不是爆仓了！”

他翻了个白眼：“不是哦，他们只是想问你是不是只有一米五五，并没有买东西……”

我不信！我的读者老爷不是这样的人儿！你看，明明有一个订单！有人买了毛裤！还备注“朵爷我要签名”呢，天哪，我实在是太红了……

我一定要多给这个小仙女送一点东西！再送八十个签名！

于是，就这样一下子……半个月过去了……一个月过去了……

我有一天加着班（画重点）的时候，突然惊觉：天哪！东西还没有寄！买家会不会在远方冻伤她的小胖脚！怀着如此关切的心给买家留言：不如、不如你退款吧……东西我寄！多寄一点给你！

你不要生气好不好？我给你加寄一百个签名啊！下次带着亲朋好友再来买东西啊亲亲！

客服小刘看到我的此举，觉得我的店一定会倒闭，于是毅然辞去了如此珍贵的职位……嗯，我相信他余生一定会在悔恨中度过。

张美丽：编辑部有人针对我！

告诉你一个我们组内的大秘密——叉妹她，对我有意见！

先是圣诞节的时候，收到我的礼物一脸嫌弃地想拒收，只因我的包装盒是自己用快递盒子改造的！（说好的礼轻情意重呢！）再是天天早上她都一脸抱歉地告诉我，忘记给我带早餐了，等我撸起袖子要找她掐架时，才慢悠悠地掏出来并羞辱我蠢：这么多次还能上当。末了，还要补一句：今天的美丽迟到了吗？这难道不是我对她的信任？再说我变身魅丽摩的小飞侠后，踩点都很准时的好不好！还有更过分的，因为有几期缺席了“小美好”，她居然跟着朵爷一起质问我为什么偷懒！不不不，明明是她没邀请我好吗！

这样欺我辱我污蔑我，这不是对我有意见是什么！叉妹，摸着你的良心港（讲），我穴（说）得对不对？

（叉妹：我宣布，从现在开始针对你……明天别让我带早餐了哦！哼！）

夏沅：
我其实……是一个长沙人

初来长沙的时候，我妈超担心我会水土不服，每天恨不得打八百个电话例行关心（嘲笑）我——

“听说长沙的食物都好辣，你会长痘痘的哦！”

“哇……长沙最近已经四十摄氏度了，你活得还好吗？”

“家里最近的暖气超足的，真的不考虑回河南过个冬吗？”

妈……够了！你休想怂恿我回河南嫁人！（叉妹：是亲妈……）

其实除了没有春天和秋天这两个玩意儿，长沙这座城市真的还蛮适合生活的，每天上班下班，周末和大家约饭爬山，偶尔出去旅游一趟，就连圣诞节朵爷都会买圣诞树邀请我们去做客（也可能是想吃我做的蛋糕），生活简直不要太惬意好吗！

况且在长沙生活的近两年里，我简直是无辣不欢，米粉要多辣，火锅要多辣，就连鱼汤都必须放些辣椒才行！张美丽甚至还一度质疑我：“夏沅，老实交代，你其实就是一个会说河南话的湖南人吧！”

嗯……我想也是，说不定往上数三代，我的祖籍真的在长沙哦！

主持人发言：这期互动写完之后，坐在我边上的张美丽同学很不满意：“叉妹，你为什么不写！”那还用说吗？因为我为人坦诚，心如明镜，没有一点秘密……（夏沅：呸！）好吧，其实我也有一个惊天大秘密，那就是……哈哈哈——这一次的篇幅不够啦，让我们下期再见！

我们曾经荒废过的人生

主持 / 叉叉

有天晚上，朵爷在群里长叹一句："啊，我现在简直像个文盲……"然后立刻迎来了叉妹、夏沅、张美丽等人的强烈附和，大家争相发言，议论声此起彼伏，就为证明自己的文盲程度……要不要这么拼！好歹多年前（不能暴露年龄）我们也都是上知天文地理、下晓电脑手机的五好小青年啊！然而我们的智慧，都随着时间流逝，消失殆尽……

[朵爷：……今天的气氛是不是太 down（沉闷）了点？]

（夏沅：敲黑板！同学们千万不要荒废自己的人生啊！）

朵爷：
Give me a paper!
（给我一张纸！）

众所周知，我小时候是可以用手撑在地上倒立走路，一言不合就下腰翻跟头给大家看的人，如果好好培养，现在我可能是与成龙大哥平起平坐的一介武星！

但我今天不说这些陈年旧事了！毕竟我现在也依旧身手不凡……我要说的事和大家息息相关（严肃）！那就是，没有在中学的时候好好学英语！

要知道，作为一个只有三秒钟记忆的少女，我当时引以为傲的是“靠语感我也能考一百多分”，而现在每到想出国旅游的时候，我就想把自己吊起来打！

还好，去年我们几个去的是泰国，泰国人民的英语毕竟也是三级水平……即便这样，我还是震惊了泰国人民，在一个咖啡店点饮料的时候，想问老板要一张纸巾的我，竟然脱口而出了“paper（纸）”这样的单词！

后来在一个大排档，有一个帅哥可能看我有点性别模糊误会我是本地人（？？），请求我帮他买一个大饼，他全程都用惊呆的眼神看我用“this(这个)”“and this(还有这个)”“no this(不是这个)”的流利英语给他选完了要加的馅儿……

前几天，我们在聊明年是不是要出国玩儿的时候，我在群里发出了这样的疑问——

“还有哪些国家的英语水平和我们差不多？”

有人立刻自信地回答：“其实中国人的英文水平蛮高的啊。”

“我说的是，‘我们’。”

群里再没有人说话！

所以，你们这些小嫩崽，答应我！每天背完20个单词才可以看《花火》！好不好！

（写完，再看了看那些不务正业的编辑，感觉自己升华了本期话题。哼。）

丐小亥：
人生到了要改变的时候了……

去年双十一，我心血来潮地买了一台跑步机：人生到了要改变的时候了呢！（万一《成人礼晚点》上市后，读者呼声很高，要去做签售会，我不能让读者看到胖胖的我啊……）

那个时候我住在顶楼，没有电梯，跟送货的师傅两个人抬着沉重的跑步机往上爬，重得我中途一度想把它送给楼下的邻居……将跑步机放在地上的那刻，我内心很苍凉：为什么要作？

然后就一直没有安装它……

等到今年初，我换了套房子。搬家师傅看着我的跑步机，再看了一眼我，说：“这跑步机没什么用啊！”——师傅，你好好搬家好不好！

然后师傅说，“加钱吧，不然不搬。”

我……又把跑步机原封不动地搬到了新的房子。按照示意图安装了它，心想，我的跑步机啊，等着我来宠爱你吧！

啊，一年过去了，跑步机静静地放在阳台上，为了避免它被太阳晒伤，我还特意买了一匹布盖着，上面放着我的拖鞋、羽毛球拍、凳子、快递箱，有时候袜子还可以挂在上面晒一晒……跑步机真是个放杂物的好东西呢！

不知道是一个什么样的良辰吉日，我才会轻轻地打开跑步机，在上面轻盈地跑动呢？期待那一天的到来！

小锅：连仙女都这么努力！

和一个作者聊天，聊她的大学生活，考了一堆厉害的证书，策划了好几场大型活动。

看她说得那么轻描淡写，我陷入了沉思，人家在考证组织活动的时候，我在干吗？

——哦，我在沉迷男团和网游。

大学时我和朵爷一个寝室，我们俩都加入了一个韩国男团的粉丝群，每天不好好去上课（主要是我），蓬头垢面地坐在电脑前和粉丝群的人从早聊到晚，还学会了用蹩脚的PS技术把男团和自己的照片P在一起，假装是我们的合照。好开心哦！

（朵爷强势介入：蹩脚？？那是你哦，我可是大大！我可是每到欧巴们过生日都要给团友们P十张贺图的人哦！我还给欧巴们写过小说哦！另外一位朋友鸭子，还寄过钱！）

不聊天的时候，我们偶尔也会玩一下大型网游——《对对碰》！

一般是这样的，我先开一个游戏房间，等另外一个人进来准备之后，朵爷再迅速加入和我组队，然后游戏开始……我们俩狼狈为奸，几乎没有输过，这种行为也是非常的无耻。

现在，男团变成大叔，网游也卸载了，我只好安安静静地沉迷于淘宝。

刚才组员妹子跑过来对我说："我不是来催你看稿子的，感觉你每天都好累。"

"哎呀，都是为了工作嘛！"我回道，并心虚地关掉了淘宝页面，翻开了一寸厚的稿子。

看吧，连仙女都这么努力，你们还有什么理由荒废人生。

夏沅：
我荒废掉的人生罄竹难书！

荒废的人生？？当这个问题出现在我和叉叉的对话框里的时候，我回想了自己作为少女的二十四年，忍不住感慨：啊……我荒废掉的人生简直是罄竹难书啊！

上大学之前，我幻想过我的大学生活应该是这个样子的：旅游，看遍祖国大好河山；买单反，成为一名资深摄影师；写故事，成为一名作家（此处应该有掌声）。然而事实上，我大学四年就只有一个状态：宅在寝室……

同学谈恋爱的时候……我宅在寝室；同学旅游的时候……我宅在寝室；同学摄影约拍的时候……我宅在寝室；后来眼看着毕业了，身边同学结婚的结婚，开公司的开公司，而我，一路从河南宅到了长沙……

后来为了阻止自己继续堕落（叉叉：什么鬼），我特意给自己立下了二十四之约：二十四岁要看一场演唱会、旅行四次、看五十本书、七十部电影！嗯，请大家监督我，如果我没做到……来长沙请你们吃好吃的！

张美丽：文艺少女堕落史

我前一阵去开福寺沾了仙气，好不容易成了仙女，最近却因为打游戏再一次坠入了凡间……

那是一个正常截稿日早晨，一上班我就收到了作者给我的留言：最近沉迷于某手游，无心写稿，所以这个月不交稿了！然后就消失了。我一看，不得了了哦，不写稿居然还这么理直气壮，我要去鞭策她！于是，我带着满腔怒火下载了该手游，暗暗决定要修炼成大神，一看到作者在线我就堵着她杀，杀到她交稿子为止！

后来的故事……大家应该也能想到了。最近下班一回到家，包也不放、饭也不吃直接往沙发上一瘫，就开始了我的游戏大业，已经好久没刷过电影、没看书、没练琴了。组内同事们看到我从文艺少女堕落成这样，痛心疾首地规劝：

“打游戏能找到男朋友吗？”

啊，这个规劝真是直击心扉，让人无力反驳。的确不能。

“那就别打了。”

嗯……可是我不打游戏的时候也没有男朋友哦，不打游戏的你们有男朋友了吗（感觉会被打）？

啊，垃圾游戏！毁我青春！颓我精神！耗我钱……哦，我也没什么钱财好耗的。想到这里，我流下了心酸的泪水。

主持人发言：刚刚朵爷又和我相约去泡了两杯浓黑咖……我们在公司的厕所门口（饮水机摆放的位置比较特殊，不要多想！）含泪发誓，要好好工作……然后明天中午去吃好吃的！啊，又活过来了，办公室又充满了朝气！沉溺在过去是没有用的，让我们携手共进，一起为我们美好的明天努力吧！

我们置业了！

主持 / 叉叉

转眼大家都到了置业的年纪……无论有房没房，大家都对这个主题十分感兴趣。本期我们特地邀请了一些勤奋工作发家致富、年纪轻轻（勉强吧）就已经置业或者准备置业的编辑，跟大家说说置业背后的故事！希望每一个看到这期“小美好”的读者以后都能奋发图强，住在靠自己奋斗买来的房子里！（哇，真是太励志了，我都要哭了……）

丐小亥：等房子装修好就结婚吧！

我五六年前就致富了，因为那个时候我就买了房！

买房的时候，美丽的置业顾问就信誓旦旦地跟我承诺：“你看，这里环境好，空气优，享受着别墅业主的尊贵服务，而且马上就通公交车了噢。”

我被蛊惑了，立马交钱买了。之后，我就开心地等着交房通车。

交房第一年，没通车。物业说，马上。

交房第二年，没通车。物业说，快了。（你看吧，这世上很多事情都会晚点的！所以《成人礼晚点》总会上市的！）

交房第三年，通车了。物业说，快来住！不住也要交物业费噢！

我坐车去过一次，才发现远得我想哭。离公司这么远，晚上我怎么能睡得着……早上怎么可能起得来……

我又不是那种风里雨里去魅丽的人，我反正只给自己从住的地方到公司二十分钟的时间，其他时间我要用来睡觉和梳妆……

于是这么多年了，我依然没有住进自己的房子！眼看着跟我一起买房、比我后买房的同事纷纷装修住进了新房！每次去参观，都好想躺下来不走了……

我有点着急，但一想到每次回家亲戚们问我什么时候结婚，我都会说，等房子那边搞好了再说吧！哇，这么好的借口，真是不用白不用。那还是别装修了吧……（给自己比心。）

小锅：
等房子买好就嫁出去吧！

我刚上班的时候，每个月发的钱交完房租就没了，别说买房，买个菜都得问遍整个菜市场再决定去哪家买。后来工资涨了N倍，可还是个月光族，每个月的工资都在吃喝玩乐中花掉了。

即使看到周围的朋友都买房了，我的内心依然毫无波动，甚至有点想再买一盒粉饼压压惊。

直到今年回家过 ×× 岁大寿，我妈苦口婆心地说：“反正这个岁数你也难嫁出去了，不如买套房转转运吧，可能就嫁了。”

…………

我的妈呀，你是不是从妇女主任转行去做微商卖房了？真是什么话都说得出来。

不过老妈的话还是要听的，你看，即使是年纪轻轻的叉妹，也有一套远在郊区几乎靠近隔壁市的小房子呢。

长沙的房价在省会城市里一直算是便宜的，可我没买。

现在，在长沙房价最贵的时候，我突然决定，要买房了。

朵爷：
希望你们永远住在出租房里！

叉妹现在开的话题都这么上档次了！看栏目的读者还在读小学吧？！不过也没事……存点压岁钱兴许也能买上房了呢……

不过我跟你们说，还是不要买了。自从买了房，装了修，我现在负债累累……曾经花枝招展的我，现在像一个苦孩子，每个月发了工资，一笔还房贷，一笔还信用卡……

最近皇后和叉妹都在打买新房子的主意，作为过来人，我不是很推荐。她俩住的出租房条件也不差，每个月只需要出几百块，而且房东从来不出现，是有多自由啊！她俩真的把人家的房子当成自己的家……

毕竟整个面墙被她们刷得乱七八糟，皇后的卧室贴了阴森森的墙纸，而且，为了更好地装扮她们的房子，她竟然隔三差五地来询问我——

朵爷，你要沙发吗？我们客厅有一张仿红木的沙发，要不你搬走吧！

朵爷，你要电视机吗？我们房东那台电视机反正我们也没用，要不你拿去看呀！

朵爷，你要冰箱吗？那台冰箱两年了我从来没打开过，里面是不是臭了呀，你快帮我拖走！

朵爷，你要床吗？我们这里多了一张床！能不能暂时放你们家，可以给你亲戚睡！

你们当我是什么？！我有这么缺东西吗？！（后来，她们真把床放我家了。）

所以，我有理由相信，她们一定也用了什么手段，把家里那些不想要的东西都寄放到了别人家……

房子都被你们搬空了，房东知道这件事吗？所以如果你们要买房，就把房东这套出租房给买了好吗……要不他该报警了……

叉妹：
等房子装修好就买车吧！

有一天和大家聊到房子的时候，朵爷和我说："叉妹，他们让我问你，你为什么要把房子买在株洲？！"

哎……哪有那么夸张！明明就是在长株潭的中心地带，长沙的边界，长沙未来要发展的地方！

自买了这套房子到现在，每年空着交物业费我也纹丝不动（主要是我爸妈），十分沉得住气……今年过年的时候，我终于决定和他们促膝长谈："你们觉着，我是不是得存钱装修房子了？"

在这之前，热心的雨花区群众（朵爷）早已给我算好了公司到房子的路程——约等于 17 公里！那个偏僻的地方，没有城铁，没有地铁，公交车要转三趟！这让每天早上赖床到八点半才起来，走路五分钟就到公司的我遭到了重创……

最难过的是，同样也住得很远的丐小亥和我不在一个方向！自从他知道我的房子也远在山边之后，我们就开始互相攻击对方的房子五年都不涨一毛钱，在公司走廊上看到对方都会放狠话说：“你家那么远，别住了。”同事情岌岌可危！

哎呀，不管啦，我已经勒紧了裤腰带，决定今年把钱存起来装修房子了。等这个月工资一发，我就会和张美丽一起去报考驾照，争取到时候驾车17公里！我坚信，我一定会比房子买在湘潭（朵爷：……）的丐小亥先学会开车！！

夏沅：妈，我邀请你来长沙好不啦？

我妈到底有多爱长沙呢？说出来你可能不信。

每次和她通电话，快挂断的时候她总要旁敲侧击：“最近天气怎么样呀，妈妈想去长沙过个春（夏秋冬）……”

后来被我一再拒绝后，某天她终于使出了大招：“真的不考虑在长沙买房子吗？妈妈给你付首付。”

妈，别闹……

你知道长沙现在的房价有多高吗！

你知道每个月把买口红的钱用在装修上有多难过吗？

你知道背了房贷以后，大家暑假出国旅行，我就只能搬着板凳在小区楼下看月亮了吗？

于是，我果断拒绝了她：妈……我年纪还小，以后结婚再买也不迟啦！

后来，我们母女俩愉快地结束了这个话题，因为我妈嫌弃我说：“买房还可以想想，结婚你就不要想了啦……”

啊？！

妈……我是你从下水道捞出来的吗?

…………

好啦，反正买不买房我每个月都是月光，既然这样，那就……买一套吧！

毕竟万一到三十岁我还没有嫁出去……有一个自己的家也是好的呀！（三年后的夏沅：对不起大家，现在我还是没有自己的家，因为长沙限购了……）

主持人发言：由于张美丽同学在“小美好”里爆料我针对她，所以这一期的“小美好”，张美丽直接被……封杀了！（并没有）好啦，其实是因为张美丽同学还在努力奋斗买电脑，暂时没有置业的打算……希望她看到这一期的“小美好”后，也会醍醐灌顶，一起加入我们奋斗置业的队伍！我们下期再见啦！

我们
有时很卑微！

主持 / 叉叉

又是一个勤勤恳恳的工作日，我们奔走在设计部要求（折磨）美编反复修改广告，堵在总编室边上祈愿书号早点下来，时不时就去印务办公室打招呼……每天都想“哇”的一声哭出来！就在刚刚，我们和营销部的同事促膝长谈之后，感觉头上的白发又多了一根……骄傲的我们！也曾为了出一本好书这样“卑微”——我们都很努力地在生活！这一期，我们特邀编辑部的大家来给读者们回忆一下，他们努力过好生活的“卑微”时刻……

丐小亥：
我时而富贵时而穷

可能承袭了旧风俗，养成过年前都想买一套新衣服的习惯。

那年，我发了很多年终奖，于是喊上朵爷、小锅等“时尚顾问”去买衣裳。

走进平常不轻易来的商场，好多看上去好漂亮的衣服噢！朵爷给我拿来一件，试穿了一下，不合身。小锅又拿了一件，穿上后觉得不配我的气质。我自己看上了一件，穿了一下，穿不进……

商场有两层是卖男装的，我们都逛完了，就是没有找到一件称心如意的衣服。因为逛得太久，腿都酸了，我们彼此搀扶着，在要离开商场的那一瞬间，回想起那些销售人员期盼的眼神，我忽然觉得自己好卑微: 原来，有钱有什么用，还是买不到喜欢的东西。

小锅在一旁悠悠地说，那你把钱给我。我摇着头叹气说，这种卑微，我一个人拥有就可以了，不想再连累别人！

有天下班回去，我一路上都好想吃白菜薹……真的，坐在车上觉得所有乘客都是一棵棵白菜薹，馋得我口水都要流出来了……

下车后，我就直奔菜市场，兴奋地买了三块钱白菜薹，拿出钱包准备给钱时，才发现钱包里没有钱！我的钱都放在了昨天穿的衣服口袋里，可是我就想要吃到白菜薹！

我可怜巴巴地对老板说，我没带钱，你们可以微信支付吗？老板无奈地摇了摇头。

我回头望了一下整个菜市场，没有看到任何相识的人，那一刻感觉自己就像是汪洋大海中的一叶孤舟。

只要老板愿意给我这三块钱的白菜薹，我什么都可以付出！我难过地掏出手机给妈妈打了一个电话，一接通，我就说，“妈，我想吃白菜薹，但是我没有钱……”

可能是看到我快要哭出来了……老板善良地说，“你先把菜拿走吧，有时间你再送钱来。”

我目不转睛地盯着老板，唱完了一首《感恩的心》……要不是我穿得太好……我担心那个晚上，我可以得到好多爱心捐赠。

啊，白菜薹真是世间少有的美食！

小锅：
我还是做灵魂带着香气的 Girl 吧！

那天，我只不过是坐电梯的时候，扫了一眼某美容院的店庆广告，文案写得实在太精彩，让我这种每天都在追求比昨天更美的小仙女回过神的时候，就发现自己已经坐在美容院的咨询室里了。

对面的咨询师皮肤吹弹可破，让我这种天天嚷着‘我只是黑了一点，肤质还是很细腻呀”的人，顿时屁都不敢放一个。我双手老实地叠放在膝盖上，唯唯诺诺地听着咨询师痛心疾首地“挑剔”我——

“你每天是不是不洗脸？你知道你鼻子上的毛孔有多大吗？里面都是脏东西。”

（我羞愧地低下了头颅。）

“你是不是天天倒立走路啊？看看你的抬头纹，你不笑的时候像十八岁，一笑就像三十八岁。”

（我的头，渐渐地低到了膝盖……）

“你眼睛倒是挺大的——”开心的我才昂起一点点头，咨询师突然话锋一转，“但是你照镜子的时候，心不会痛吗？眼下的小细纹都替你痛。”

（好了好了，都是我的错，我已经跪下了。）

最后，咨询师唰唰唰开了一系列的项目，我看了看最下面的金额，一脸坚毅地指着其中一个（价格最低的）项目：“我做个基础的清洁就好。”

我的妈啊，要是做完这全套，可能会倾家荡产。

做完后，我回去喜滋滋地跟朵爷炫耀："我今天去了美容院哦。"快，夸我。

朵爷看着我的脸，问："怎么？美容院今天没开门吗？"

朵爷：
老板，我对不住你……

这件事，说来话长，本来我是那种可以和老板称兄道弟交情好的人……毕竟连张美丽都可以摸老板的头。（哪里不对？）

但是自从张美丽加入我们组之后……我感觉老板看到我的时候有点害怕。（叉妹：哈？朵爷你在说什么？！）

好的，我知道这次的话题是想说"我很卑微"，但老板有时候可能和我差不多心情的！（叉妹：朵爷，你这个互动内容我不敢要！）

是这样的，张美丽这个人啊，经常给我惹事，她会隔三差五地跟我汇报一些这样的工作"朵爷，这个作者我必须要提前打款！""朵爷，这个项目没办法继续下去我要解约了，但是要赔 ×××× 钱！""朵爷，我要预支一个月工资！""朵爷，叉妹说要和老板借装修款（主要是因为老板有借钱给员工应急的习惯）！"。（叉妹：……我没说！不过最好是要 × 万！）

于是，作为一个爱护组员的好组长，我经常在网上私 Q 老板秘书彭小姐，我们的对话一般如下——

"今天老板心情好吗？"

"刚才是谁进了老板办公室？（如果是财务和一些长得不太好看的员工我坚决不去！）"

"能跟我讲讲今天的股市行情吗？"

“老板最近是不是买新衣服啦，看着精神可好了……”

得到彭小姐的一些指示之后，我就战战兢兢地拿着单子进了老板办公室……开始热切地和老板交流了起来，从天文讲到地理，从星星讲到月亮，从我们组最近的加印项目讲到……

老板：“不要再说了……你又要钱是吧？要多少？拿来签字吧。”

我：“……好的！感谢老板！”

老板：“出去把门关上。”

他应该是想静一静吧。

叉妹：
我催互动的时候很卑微

每个月到了杂志要出的那几天，夏皇后就嫌我烦。

那几天，言情组的小锅不敢回我QQ，丐小亥在走廊上碰到我都会移开眼神，张美丽戴着耳机假装听不见，我只要走到朵爷背后她就很仓皇，只有夏皇后无处可躲，因为她和我住在一起……最后她把房门锁了。

但是跟隔壁的大魔王丐小亥比起来，夏皇后真的温和多了。还记得我第一次催丐小亥互动的时候，张美丽在我旁边哆哆嗦嗦地怂恿我：“你去！你去催！他和你不熟，他不好意思拖你互动的！”

我（生硬）：“丐小亥，您好，我想和您约一个互动……”

丐小亥：“我辞职了。”

我：“……”

然而后来我也没那么好骗了，我们经常亲密地进行表情包交流大战（我单方面），紧锣密鼓地告诉他杂志下厂日期（骗人，你们朵爷说了是星期四），穿过大半个编辑部的办公室去丐小亥身边静坐（叉妹，你不要在我背后吃东西，好香的），甚至去威胁朵爷（不许告诉丐小亥你没写！），从朵爷的眼神来看，她那一刻肯定很想把我开除。

最近几次，丐小亥交互动都特别积极，我痛心疾首地用丐小亥做例子，发到所有群里@（点名）还没交互动的人，然后就突然听到背后传来一个浑厚的男声："朵爷写了吗？"

我（被吓得心脏病发作哑口无言）："……"

"哼。"不知道什么时候站在我背后的丐小亥傲娇地别过头，又飘到了小锅边上，"我就说她没写吧，给钱！"

我战战兢兢地缩在电脑前，感觉下次催互动的路又更加遥远了……

张美丽：
仙女不容易！

我最卑微的时候，就是面对大长沙802路公交车司机的时候。

粗略地算一下，上个月我大概迟到了……也就一二三四五六七八次吧（朵爷：你有脸说！）。怎么说呢，我其实基本都是一个时间点出门，像等待戈多②一般……哦，那还是比等待戈多好，至少我知道我等的是一趟八点四十五分的蓝色公交车。有时候它来得早，于是刚走出小区大门我就得追着它的屁股跑，我的发在风里凌乱飘飞，再也不能仗着美貌做一个高傲美少女。有时候它心情不好，八点四十五分就不来了，然后我就会变身成"魅丽摩的小飞侠"，依然在风中摇摆着我的发……所以我每天头发都是乱的。

噢，这么算，我面对前台小姐姐也挺卑微的。有天，我到公司打卡的时候还是九点，打了三次还没打上，急得我哟！第四次破指纹打卡机终于将我认出

② 荒诞剧《等待戈多》的角色，作者也不明白那是什么。在此处用来指代不确定的、虚幻的人或物。

来了，我松了一口气抬脚准备走的时候，瞄到时间跳到了……九点零一分……

我：？？？

一想到再迟到要扣巨款一百块，我腿都软了，冲到前台小姐姐面前一把眼泪一把鼻涕地哭诉："生活不容易啊！你看我男朋友也没有，都没有人可以依靠；运气也不好，天天买彩票也没有发财！你我同为仙女，就放过我算了啰！"说完，我还举起了我月欠债一万多的信用卡。

而前台小姐姐铁面无私，并不为所动地记下了我的名字。她可是半个月之前才跟我说"看到你心情就变好"的呢，这个负心人，呵呵！

主持人发言：其实我们所有的"卑微"时刻，都只是想要过好生活，对每一件事想要认真达成的诚恳努力，希望看到这期"小美好"的同学们也和我们一起努力哦！我们下期"小美好"再见！

我们要改变！

主持 / 叉叉

大家好！天气暖和起来了，编辑部的大家都十分积极——我们要改变！这期“小美好”，我们请来了编辑部互动三巨头（丐小亥强烈要求加上三花旦）兼三花旦锅丐朵、四小花中的两花来给大家分享积极改变的经历，希望大家也响应我们的号召！积极起来！（超励志！）

丐小亥：差点成为网红！

有段时间，我特别想成为一个网红……

做网红就需要有颜值！照了下镜子，只看到一坨肉，我握紧拳头发誓，我要改变自己，我要变瘦，于是就喊上朵爷和小锅集资去办了一张羽毛球卡！因此，利用上班时间，我们在淘宝上逛了一天……不买齐一套装备，有什么脸面去打球！

约了十八次后，我们终于走进了羽毛球馆，进去一问，竟然没有场地，需要等待。小锅立马起身说，好啦好啦，那我们走……我立马上前拦住她，是兄弟，就留下来陪我！

但是跟朵爷和小锅打球真的太累了，是心累，打了一个小时，我一滴汗都没出……打完后，她们躺在椅子上哀号：要吃个夜宵，才能补回我们流失的胶原蛋白啊……

于是，我们开开心心地坐车去吃烧烤……（羽毛球拍都愤怒了！）

这一次后，我们偶尔提过要不要去打羽毛球，但双脚似乎被命运束缚住了……每次不小心经过那里，我们都抬起头看天，然后走得飞快！

有次，我坐车经过羽毛球馆，看到那上面竟然写着一个大大的“拆”字！我马上发微信告诉朵爷她们，其他人都很开心……只有朵爷默默地回了一句：那张卡里还有四百多块钱呢！好心痛！你赶紧去要回来！

我真的去要钱了……走过去一问，前台小姐说，哦，先生，没事的，我们会换一个场地，会员卡还是有效的！

我……要不要把这个可怕的事实告诉她们呢？

小锅：我要中头奖！

我一直是中奖绝缘体，以前公司每个月都会抽奖，有些人随便一抽就是 iPad，而我抽了那么多次，只有（难看的）花瓶、（开关失灵的）蘑菇灯、车载小音箱（然而我连自行车都没有）、（齁甜的）曲奇大礼包、（前几天才买了一个又抽中一个的）烧烤炉……

在公司八年了，每次年会也没有抽大奖的命，只能在结束后领一个纪念奖黯然离去。

前几天扫到一个新闻：湖南某地一位老人每日坚持买彩票，终于抱得头奖归，感叹就像打了个翻身仗。

其实这种新闻很常见，但是那天不知道是触动了哪根心弦，我也萌发了买彩票的心。

毕竟，彩票的中奖率虽然低，但是靠自己赚到那么多钱的概率不是更低吗！

下班后，我兴冲冲地去买了一张，小心翼翼地塞到钱包里。当晚我就失眠了，脑子里不停地在想——

要是真的中了一个亿，这些钱我该怎么花呀？

如果朵爷来借的话，凭十几年的闺密情，我该借多少呢？

我以后是装成没事人一样继续去上班，还是过上大吃大喝废柴一样的生活呢？

…………

好不容易要睡着了，突然又想起一件非常重要的事，把我吓醒了——那一个亿要交多少税啊！因此，心疼得再次无法入眠。

今晚我的彩票要开奖了，如果下次“小美好”没有出现我的身影，说明我已经……呵呵呵！

朵爷：成为高级的人！

自长期带领组员去饮咖啡之后，我们都发现——自己变得更穷了。于是，某一天我拍案而起：要少买咖啡喝！省钱！

为了更好地完成这一使命，我在咖啡店一边和大家聊着天，一边下单了长草很久的意式咖啡机……价钱算下来，大概可以换 100 杯咖啡吧……

不过这都不是事儿，从此以后，我就要变成一个自己在家里煮咖啡的小仙女了！高级感扑面而来有没有！

于是我和大家说："以后你们都不需要买咖啡了，我给你们带过来。"

不得不说，大家当时看我的表情，跟看到祖宗似的……

好，为了给大家带咖啡，我买了一个特别高级的保温壶，第一天早上，我早起了十分钟，煮了满满的一壶咖啡带到公司，被大家瓜分了……

第二天，我又早起了五分钟，挣扎着煮了小半壶，凭借着我对组员当天的喜好程度，我选了其中一个人和我一起瓜分了……（好吧，我选的叉妹，因为只有她没有化妆，哼，其他人都精心打扮得特别做作！）

而第三天，我睡过头了！啥也没煮，还迟到了！心痛！

后面的事，大家都猜到了……估计这会儿咖啡机都快起霉了……有一次路过那个卖咖啡的店，店长小哥特别震惊地跟我说，就那点豆子你还没有喝完?都要过期了好不好?

我、我、我、我……你们懂不懂，迟到一次够我喝四杯咖啡好不好?！

生气！哦，我要跟你们说，那个巨贵的保温壶后来也被我弄丢了。这是另一个有点悲伤的故事，我下次再说。

总之，这次省钱大计让我赔了夫人又折兵……我还是去喝咖啡吧。

叉妹：
眼看就要成为雨花区三美了……

认识我的人都知道，叉妹——就是一个名字叫妹的糙汉！

我一直搞不明白，住在我隔壁的夏皇后是怎么做到早上 8 点起来化妆的，所以我也不明白有天小锅在群里婉言拒绝一起玩游戏的理由：“哎呀，我还没想好明天穿什么呢！”（锅，才晚上八点半好不好！）

我不明白她们，而她们也不明白我……有些人知道我每天就用水和毛巾洗脸都要晕过去：“你不用洗面奶（那是什么）怎么洗得干净脸啊？”还有些人亲亲热热地挽着我胳膊说：“叉妹，你别理她们，都是因为我们天生丽质！”（是的，张美丽，我说的就是你。）

随着时间的流逝……我发现连隔壁言情组的冬菇都没我这么糙，就算她晚上追剧追到天亮，她也会顶着一脸妆隔着大老远就眯着眼睛和我打招呼，可能，这也是言情组的特质吧……

还有新来的小明，就算她看起来有一米八，脸被头发盖了一半，也坚持化着精致的妆来上班。我开始深刻反省自己，是不是浪费了我一张貌美如花的脸……

是的，我开始学化妆了……从粉底液都抹不匀到现在可以煞白着脸出门，已经有了很大的进步！相信很快，我就能跻身雨花区三美了！！（别问我另外两美是谁！）

夏沅：游戏使我颓靡……

我年初的时候买了一台新电脑，原因是我的旧电脑反应实在是太慢！

——开机需要三十分钟，打开文档要二十分钟，输入文字还要再反应十分钟！每当我周末想励志写一篇值班日志的时候，等准备就绪，灵感已经被我忘到河南老家去了……

我前段时间又买了一台 iPad，想补电影、补美剧，想好好写稿成为一位……

作家（别拆台）！后来周末偶尔也约大家出来一起写稿子，朵爷和叉妹每小时能写八千字，而我和张美丽……每次结束都停留在二百字的开头……

当然了，这还不算什么！因为 iPad 玩游戏实在是太方便，所以当某天深夜我结束了最后一盘《狼人杀》的时候，界面上显示的时间竟然是……凌晨四点！

凌晨四点？有没有搞错！我从前可是晚上八点就准时关机上床睡觉的人啊！痛定思痛，夜深人静的时候我生气地卸载了游戏，并在群里向大家发誓：晚上再玩游戏，就让我胖三十斤！

一转眼，夏天就要来了，冬天因为吃长在身上的肉，因为不吃晚饭掉了好几斤！而去年秋天我发誓要上完的摄影课，最近也有很努力地在上啦！还有八百年前和叉妹一起开的淘宝店，已经悄悄地在上新啦！

啊……不说啦，我要下班回家上课咯！

（叉妹：我才不信！）

主持人发言：本来这期互动是有张美丽同学的位置的！毕竟张美丽今天早上 7 点就在群里叫我们起床，特别积极！结果她告诉我们，因为起太早了有点困，补了个回笼觉……结局“惨不忍言”。算了张美丽，你……先努力起床吧！下期再和我们读者约！

编辑们的“不正经”教学！

主持 / 叉叉

又是一年毕业季，最近办公室里多了好多新鲜的面孔！中午要吃两盒饭（张美丽：你又黑我！）的张美丽有点不高兴，毕竟来了这么多的新人，拿两盒饭就要跑着去了……由于类似事件层出不穷！（新人：哈？）本期“小美好”，我们特地请来了魅丽的互动“钉子户们”，给大家来一次深刻的新人教学……

丐小亥：这里是单身狗的天堂

做了编辑，就要换一种眼光看世界了。

每逢节假日回家后，你面对的就是父母和亲朋的催婚，人人都说你一把年纪了……怎么还单身？！

明明你才毕业，明明长得如花似玉，为什么还要遭人嫌弃呢？！看一看身边的朋友，好像、似乎、大概……哇，真的都嫁人了！

这一刻你愤怒、茫然，觉得自己不再是小公主了！没有关系，只要你走进编辑部，你就能重拾人生的希望！这里满是单身狗，没有人自卑，都活得没心没肺！不论年纪，上到八十……每个人都认为自己是最美的！

你会骄傲地发现，一旦做编辑，就等于充分掌握了“不需要男朋友也能过得很好”“再美也不想太早结婚”“我美丽的基因就是自私地不想传承给别人”等技能！

来，为自己鼓掌！单身怕什么，我单身是因为我在储蓄能量，变成更好的自己，遇见最好的TA！

当然，这是人生价值观的重塑，还有一些小技能要学会！

比如要爱上喝咖啡，只有这样，才不会被孤立！

你以为做编辑就是每天看稿子……当然不是，在《花火》B组最重要的事情是陪朵爷去喝咖啡！叉妹为什么总是能做“小美好”这样的重点栏目，就是因为咖啡喝得好！不然，貌不如夏沅、张美丽的她，拿什么跟人比！（叉妹：啥？？）

听说叉妹在练车了，呵呵，是打算将来下班后待在公司送BOSS回家吧！（冷漠）

小锅：现在的新人能不能灵泛点？

我们公司总的来说，算是很放飞了，好几次我闻着味道推开阅览室的门，就看见某组全体人员躲在里面吃卤味。（吃了人家的卤鸡爪，不好意思举报。）

即使早上起不来也没关系，看看张美丽，一周迟到五次，依然没有被开除。

但是有一个问题，请你千万按捺住自己的好奇心，问出口的那一刻，就已经面临被开除的危机。

前几天，我面试了一个女生，面试过程很愉快，我在心里给她打了个七十分。

后来我看她的作品，发现她是我的学妹，又给她加了十分。毕竟我们学校向来是人才辈出的，比如我和朵爷……她得知我是学姐后，一口一个“学姐好美”，我又给她的诚实加了十分。

面试结束的时候，学妹一边收拾东西一边问我：“学姐，你是哪一届的啊？”

我皱着眉头，艰难地开口：“……零【哔】年的。”

学妹惊叹说：“哇，你是一【哔】年毕业的？看不出学姐像毕业这么多年的呢。”

我再次不情愿地开口：“……不是，我是零【哔】那年毕业的。”

学妹的表情瞬间呆滞，飞快地拿着包包走了。

然后……就再也没见过她了。

所以，新人们，你们懂了吗？

叉妹：
千万不要加班！

如果BOSS看到我这期的标题，肯定要说——大胆！像小明一样（小明：……）在电梯里碰到老板都不打招呼就算了，还鼓吹新人们不加班！

在这里，我要澄清一下……我们是很热爱加班的！就连天天迟到的张美丽也是榜上有名的“勤奋加班好员工”！虽然人家上班的时间晚，但是下班的时间也不早啊……（张美丽：BOSS，你听我解释……）

总之，在我写这个互动之前，我们组每天都是公司里走得最晚的，我不是说别的组不热爱工作……可能我们组的妹子都被室友（夏沅我说的就是你！）孤立吧，所以下班老不爱回家！

然而有一天，我们突然不再热爱加班了，反而开始慌张地收拾东西，催着彼此快点下班，走廊的灯一盏一盏地灭了。我发誓，我们不是为了去五公里外的地方吃烤肉……实在是锁门的阿姨太！严！肃！了！

每当办公室只剩下我们头上的灯亮着之后，我们就能听到身边传来若有似无的脚步声，轻轻浅浅，像踩在我们心上。（朵爷：你还写诗？？）有时候我一抬头，就能看到五米开外一个硕大的盆栽的叶子后面，阿姨半张写满严肃、督促和纪律的脸……

阿姨：“我要回家吃饭了嘞，你快点下班啰。”

好啰，阿姨，我这就走，我“小美好”也不写了，我关电脑了，阿姨你别走，你等等我……

夏沅：还不都是为了钱！

我有一段时间，每天都玩《狼人杀》到凌晨四点，过度熬夜让我一度觉得自己会猝死家中！我甚至还为自己想好了社会新闻的标题：河南美少女（叉妹：……）猝死长沙家中，原因竟然是玩《狼人杀》？！

胆小的我为了不让自己“客死他乡”，果断卸载了游戏……

然而人算不如天算，我卸载游戏的当晚，朵爷就在群里热切地开了（游戏）房，邀请我们一起……杀！

“哎哟，朵爷，大半夜的杀什么呀，明天还要上班做码洋呢！”我试图阻止朵爷！

“杀完再睡！”

“可是我已经卸载了呀，而且我发过誓了，再下载胖三十斤！”继续阻止！

“不下胖五十斤！”

朵爷！说好的爱护组员呢？！说好的我们是魅丽的颜值担当呢？！胖五十斤我会被隔壁的丐胖笑话的吧！

“不！”我假装很有勇气地拒绝了朵爷，“我是个有原则的人！”

三秒钟过去了，五秒钟过去了，当我以为朵爷终于要放过我的时候，屏幕轻飘飘地弹出五个字：

“不杀扣工资！”

不杀扣工资？扣工资？工资？

“好的朵爷，我马上来！”

于是，那天晚上……我们又陪着朵爷愉快地杀到了半夜……

所以说呀，新来的朋友们，熬夜算什么？胖三十斤算什么？保住工资才最要紧啊！！

朵爷：
人设是这么崩的……

每期我都是最后一个写互动的，就是为了看看大家都写了些什么不入流的东西……

这个顺序对我非常不利，因为每次我都必须收起我正想搞笑的脸，把期刊正面积极且高端的美好形象拉回来……真的太不容易了，长此以往大家都以为我变了，不是以前那个小可爱了，却没有人知道，都是我一个人在撑！

（叉丐锅夏美：？？？？这顺序只是因为你拖稿。）

每次来新编辑，我都苦口婆心地和大家讲：“你们，一定要注意自己的形象，知道我为什么这么红吗？（新人：不是过气了吗？）就是因为我除了美，没有别的特长了！”

我们组这些人刚来的时候，我和大家开会，要求大家建立完整的符合自己性格的人设：叉妹——像男人；夏沅——小可爱；张美丽——文艺做作妹……哇，各有特点，一定大红特红！

结果呢，第一个月，大家都相互不太认识，各自都端着自己，嗯，人设保持得很好。

第二个月……大家？大家怎么回事？人设已经崩塌了知道不知道？

叉妹！好吧，叉妹到现在也确实各方面都像男人，做得好！表扬！（叉妹：我会高兴？）

夏沅……说好的小可爱？上岗第二个月就对全组凶神恶煞，组长（我）不交稿子就不准回家？简直是恶婆娘好不好啦！

张美丽，我的天啊，说好的文艺呢？自从烫了大婶子头之后（小锅说的……），人生除了吃和打瞌睡就是盯着李健吃吃地笑？不知道为啥，头也一天一天大起来了……有点害怕……

我心有点碎，眼看着我谐星地位不保，组员人设也崩了，我们高大上的团队可能火不起来了……

不过现在看来最有希望的是小明了，小明来的时候就不苟言笑，为了保住自己的固定形象，据说她在电梯里碰到老板都是扑克脸……

却在回家之后写了一万字发给老板解释当时的微表情和内心戏。

主持人发言：鉴于有些读者说我天天在互动里偷偷摸摸黑张美丽，本叉在此严正声明——我黑得光明正大，哪有偷偷摸摸了！（朵爷：？？）那些立志要和我们做同事的朋友，赶紧把这期的“小美好”默念三遍，学（吸）习（取）经（教）验（训）吧！

主持/
叉叉

编辑
随身物品大公开!

本期“小美好”，本叉特地给你们带来了编辑部大秘密——朵爷、小锅、丐小亥的随身物品到底有什么？为了凑版面，也邀请了过气“迟到女王”张美丽这种咖……（张美丽：？！）听说她最近人气还挺高，都有热心读者读值班日志制作电台啦！（生气，我们怎么没有！）好啦，让你们来看看这群人的真面目……

小锅：能续命的迷你咖啡机

像我这种每天都兢兢业业在上班的人，都是靠咖啡续命的。

一天不喝就会胸闷气短，看不了稿子，写不出互动，连淘宝店上新都没有力气打开看一眼……所以为了清醒地活着，在办公室准备一台咖啡机是非常有必要的。

但是我不明白，凭什么这么小的咖啡机却卖得比大咖啡机还贵呢！

为此，我不得不在全公司发起了一轮众筹——并没有筹到一毛钱。

最后，我还是咬咬牙买了它，看在朵爷贡献出了两罐咖啡粉的份上，允许她共用。

这台咖啡机虽然方便又不占地方，但需要手动按压才能挤出咖啡。

第一次挤咖啡的时候，我的手差点废了，我开始慌了……

喊了曾经能单手换饮水机的朵爷来试试，朵爷才按了两下，也开始慌了……

她把叉妹喊过来，据说叉妹一个人就能举起全组人，力气很大。

我本来是不信的，直到看见叉妹不费吹灰之力就挤出了一整杯咖啡……

啊！从此，我彻底折服在她粗壮的手臂之下。

（竖起大拇指）花火组，果然是人才济济啊！

朵爷：这个东西真的非常好用啦，对于我这种每天需要两杯黑咖的人简直是救命稻草！而且它能打出比较浓厚的油脂，用起来也比大意式机要方便得多。只是……我最近真的柔弱了不少，要变成女孩了哦。

叉妹：看在我每天忍辱负重为了一杯浓缩黑咖的份上……我姑且对“粗壮的手臂”这句话闭嘴。（气鼓鼓！）

张美丽：迟到小天后的法宝！

说出这个东西，我自己都吃了一斤（惊），不，三斤（惊）——谁敢相信，作为一个迟到小天后，这两年经常随身携带的居然是强调时间观念的手表！

这块表只花了几十块钱，虽然样子不咋地，但质量真的好到令人哭泣。作为一块表，它太尽责了！戴了两年多，表带我都换了三根，它依然走得精准，每天早晨都在提醒我：啊啊啊——啊啊啊——又要迟到了！但它可能不知道，对于我这种TOP级的天后，该迟的到，总归是要迟的。（微笑）

有时候它这么尽责也会让我感到苦恼。你知道市面上有多少比它貌美且金贵的表在撩拨我吗，但它偏偏这样尽责，偏偏这样抗打，我都找不出理由换掉它！每当动了这样的念头，我都会心生愧疚，觉得自己像有家室还半路出轨的渣男。你们说，它是不是一个心机婊（表）！

和它偶尔也会有特别温情的时候，比如，我就很喜欢在静夜里枕着手臂，听秒针一格一格推进的声音，有一种冷静清醒理性派的feel（感觉），感觉自己就像个冷酷精英。这样的时刻，总会引发我进行深刻的人生思考：为什么？！为什么我会这样美？！为什么我没有男朋友？！为什么我还没有发财？！

朵爷：每天戴着手表的人，却每天迟到。（微笑脸）

夏沅：你每个月迟到扣的钱，大概早就能买八百块表了吧？

叉叉：
只有仙女才配拥有TA！

我从我的包里翻出这个东西的时候……坐在我对面的夏皇后大吃一惊：“你的随身物品不应该是电棍吗？！”（别听她瞎说！）

哼，自从我立志成为“雨花区三美”后，我就付出了实际行动！趁着前段时间有朋友从泰国旅游回来，赶紧搭上了最后一趟代购车……疯狂购入三支口红！

自从有了这三支口红，我和大家聊天都更有底气了，什么洋红色、枣红色、桃红色……虽然我还是分不清楚，但我总觉得自己懂了！可以参与了！有了它们，我也终于跻身仙女行列，有了参赛资格！

只是仙女也有仙女的烦恼，那天我喜滋滋地表示以后要化妆出门的时候，小明幽幽地说："啊，你不是没有粉底液吗？"

化妆还要粉底液的吗？！（朵爷：废话！）好烦哦，挑口红的时候我就不太懂，粉底液又是什么呀？！

仙女好难做呀！！

小锅：我、朵爷、丐胖已经在"雨花区三美"的宝座上死死地坐了十几年，你凭三支口红就想进来？休想！（不过仔细想了一下，你PK掉朵爷的胜算可能比较大，毕竟你的手臂更加粗壮，看好你哟！）

张美丽：我就问一句，你一个穿七块九包邮打底裤的人，哪儿来的钱买口红！！

丐小亥：
独一无二的TA……

这个家伙陪伴我很多年了，每次带着TA出门，就觉得无比荣耀，独一无二的TA衬托得我就像一个闪闪发光的王子……

每天清晨，我都会问问TA："今天要去上班吗？"

如果TA摇头，我就捶打TA："你这么穷，有什么资格不上班？！"

如果 TA 点头，我也捶打 TA：“你以为上班就会变得有钱吗？！”

虽然我这样对待 TA，但是 TA 依然很忠诚，一直对我不离不弃。

因为 TA 太有趣了！

深夜时，TA 会在我耳边说，睡不着的话，起来跑步啊，我的王子！经 TA 一提醒，我就觉得自己在跑步，开始幻想自己变得瘦骨伶仃，我见犹怜……一想到这儿，整栋大楼都能听到我发自肺腑、犹如铁钟一般的笑声……

到了白天，TA 从早上就开始为我选择晚餐吃什么：火锅？烤肉？苍蝇馆子？我暗暗地告诉 TA，要减肥！TA 大义凛然地说：“吃了这一顿再说！”

说得真好……TA 太贴心了！我想我这一辈子都离不开 TA 了！

是的，TA 就是我！

每天都如风一般的我！

叉妹：让我来点评也太残忍了吧！作为一个每期截稿都和丏小亥斗智斗勇的胆大的人，一个柔弱又无力反抗命运（朵爷……）的人！万一我被封杀了还怎么收互动！

张美丽：拉到最后，感觉看完了一个惊悚故事。

朵爷：

我从来不知道我的包里有什么……

我刚才特意去翻了一下我的包……感觉自己随身带的东西有一些……诡异。

毕竟没有人会在包里放两把一次性的叉子。说来话长，这两把叉子，大概是半年前，我和小锅去喝咖啡，点了两块小蛋糕，然后人家就给了我们叉子。

我当时就特别惊喜：哇，这两把叉子是绿色的，我喜欢绿色，我要拿回家叉水果吃！

小锅当时的脸色就有些不好看了，可我们这样的人，是不会在意其他人的目光的！我迅速地把小叉子装到了包包里！

大概过了两个月吧，我和小锅又莫名其妙（小锅：哈？）坐在了一起，她熟稔且有些嫌弃地拎起我的包：“咦，你还没有用上换季的包呀？”

我：“换季还要换包的吗？”

小锅摆出一副“哎呀呀，你还是不是女人”的嘴脸，然后又嫌弃地用手指撑开了我的包袋：“这两把不要钱的叉子还在这里呢？”

我：“我忘记拿出来了。”

她：“还有两个茶叶蛋？”

我：“呀！我昨天的蛋！”

…………

当然，我包里还有一些别的东西，什么过期的发票啊、冬天用的护手霜啊（毕竟现在都八月了）、上上个月的工资条啊、我家里和乡下老家的钥匙……

有一次，我让夏皇后帮我拿一下包，她发出一声惊叹：天哪，我从来没有见过这么饱满的小包包。

哼，你见过什么呀。

小锅：上次去你家，发现你还摆着我八年前送你的丑娃娃，感动得眼泪涟涟，在心底高呼“友谊万岁”！现在开始怀疑，你根本就不记得是谁送的，只是懒得丢吧！

叉妹：我一点都不惊讶，毕竟你经常偷偷摸摸喝昨天剩下的冷掉的咖啡……

主持人发言：怎么样……大家的随身物品是不是都很精彩呢？（请忽略掉某个和大家步调不一致的人！）最后我要澄清一下——站在朵爷和小锅边上，谁的手臂都会很粗壮好吗！你们让我和【哔】还有【哔】还有【哔】站一起看看呀……不要拖我！我还要说！

（小明：如果消音的名字暴露，叉妹肯定会被封杀吧……为了大家还能看到下期“小美好”，我们下期再见！）

我们上了年纪！

主持 / 张美丽

啊哈哈，大家好，我胡汉三又回来了！叉妹这个“辣鸡”（垃圾），因为想不出“小美好”主题，强行把它塞给了我。而我痛失“中场休息”，不仅再也不能黑同事，还要任新主持小明宰割，好气！请大家记住，今后“中场休息”里夸我的都是真的，黑我的都是小明的阴谋！

好啦，这期“小美好”我们围绕“初老症”展开。虽然这个主题一发出去就遭到了全员抵制，纷纷强称自己十八嫩得开花，呵呵，也不见脸红的。但作为魅丽一霸的我会让这种情况发生吗！不会！哭着也得给我写！

丐小亥：
尤物应当被怜惜

我可能患上较严重的初老症了……五年前我以为《成人礼晚点》就已经上市了，五年后我才发现：咦，为什么还没定稿……现在终于上市了，你们买了吗？没买的是不是和我一样忘记这本书了？嗯？（植入会不会有点生硬？！）

也不知道从什么时候开始，逼着自己必须在晚上十二点前入睡。可能是看到了太多熬夜猝死的新闻，所以一过十二点，如果自己还没睡着，就不断安慰自己：好啦，明天上午不去上班，以觉补觉！这样身体就不会出问题了！（BOSS：你不想上班直接说！）

出去玩也战战兢兢，在高铁和飞机之间要犹豫很久，高铁慢一点但安全性高；飞机哪怕是抖动一下，我就开始联想：银行卡里的那些钱还没花完啊，我妈也不知道密码，要是就这么走了，岂不是白白浪费了这些血汗钱？——那还是别出去玩了？

坐电梯时，自动站在角落，据说这样如果电梯失控可以自保。绝不坐摩托车，有次快迟到了，跟我一趟车的张美丽想下车坐摩托车，我极其鄙视地瞧了她一眼：“你的命难道只值五十块钱吗？”（后来我才知道她那个月迟到了五次，要扣几百块吧，哈哈哈哈！）

所以，这么看来，我好像得的并不是初老症，我只是很！怕！死！不过，我这样的尤物，是应该被这个世界好好怜惜……

夏沅：
我们家住哪儿？

前几天下班，我像往常一样迈着小碎步，沉浸在马上就能回家打两局游戏（张美丽：？）的喜悦中，连脚步都轻快了不少。

走出电梯，咦？谁在我们家门口放了一个鞋柜？

算啦，不重要！我一边点开游戏，一边拿着钥匙开门……

嗯？哪里不对？打不开？

哦！我们家好像住在楼上？！

意识到这个问题，吓得我赶紧拔出钥匙冲进了楼梯间，生怕被人当成撬锁惯犯抓起来！

…………

好不容易逃离“撬锁现场”，我站在六楼松了口气，原来楼下有鞋柜的不是我的家呀！（叉妹：你也知道！）那这个一定是我的家了！

拿出钥匙，继续开门。

嗯？咦？怎么回事？钥匙插不进去？

有家不能回的我瞬间陷入了绝望：我是谁？我在哪儿？为什么我打不开自己家的门？到底哪里才是我的家？

没有家的我气鼓鼓地拿出手机拍下了门牌号质问室友：“你是不是偷偷把家里的锁换掉了！”

过了十秒钟，室友带着关爱语气回复我：“朋友，这不是我们家，您走错单元了……”

这样啊……

嘻嘻……

第二天，全公司（又夸张）都知道我开错门找不到家这件事了……

据说大家还要众筹给我买核桃……

张美丽：
睡得好，很重要！

我最近因为没睡好，干了一些蠢事，时常被组内的大家Diss（羞辱）……

我司要放暑假了，我和皇后约着去大理玩，但是我们都是小公举（主），完全不会做旅游攻略……于是每天！每天都能听到叉妹和朵爷在我们身边狂吼："你们俩上上上周就在定行程了，还没定下来吗！！！""现在是旺季咧！！还不订酒店？！！""这么点预算你们是打算睡火车站？？？"

啊……我们有钱！真是的！被吼得没办法，这两天我们终于开始做准备了。

皇后："啊呀，这个机票这么贵！"

我："哦豁！酒店也好贵！预算好像真的少了诶！"

皇后："……（悄声）不然我们就在酒店打九天游戏吧？"

我："？？？（好像也不错？）"

大家："……"

后来，我们终于定下了去昆明的高铁，再转火车去大理的线路。

皇后（严肃）："我们订这个点的火车票怎么样？"

我（认真）："早一点好了，担心误车诶，毕竟我是一个迟到小天后。"

皇后："没事儿，我们坐地铁到火车站也快。"

我："啊！那万一地铁堵车怎么办？"

叉妹："？？？"

皇后："地铁堵车？？？"

朵爷："……你是智障吗？"

（朵爷：怎么办，觉得她们俩出游有点好笑，哈哈哈……）

你们听我说，我……真的是因为睡太晚了，才犯这种浑的！毕竟年纪上来了，不是那个熬通宵第二天照样浪得飞起的小嫩崽了，偶尔口误一下怎么了！我长这么美还不能犯错了？！

都怪《王者荣耀》！

朵爷：
他们都老！只有我嫩！

不知道怎么和你们解释，我这样朝气蓬勃的人，之前和丐小亥这种上了年纪的人聊天，都不知道聊什么好……毕竟我们年轻人他们又不是很懂……

我嫩得出水！连“初老”是什么意思都不知道！

可是最近我有一些轻微的惶恐，你看看楼上这几位，都病得这么严重，我就不赘述了。我想讲讲叉妹，我最近算是看透她了。

有一天，我们一起去艾灸。艾灸前，三个按摩师傅包围着她，大家开始把她当作研究课题讨论（以下发言不敢保证其科学性，请大家查证后再信）：

“你看她，啧啧，有白头发啊，肾气不足！”

“哟，这高低背，你脊柱都弯了啊。”

“后背长这么多疙瘩，这是心火旺的表现啊。”

“颈椎血脉不通，你腰痛吗？”（叉妹：你试下？）“那我按下？”（叉妹痛得死去活来：嗷嗷嗷！）

按摩师傅中的老大点评：“你这差不多是个废人了。”

研究完叉妹，三个师傅走向了我（害怕），问我：“你俩是闺密？”

我一个鲤鱼打挺从按摩床上跳起来：“我不认识她！我会打拳！”

大家：“？？？？？”

好吧，虽然我感觉自己是没有什么初老症的，但我觉得这个病可能会传染！

要不然为啥我身边的人都如此苍老！而且可怕的是……我平常和他们有点聊得来……天啊，是不是物以类聚……

啊呀不说了，我们小区的姐妹叫我跳广场舞去了……

小锅：我变得更美了！

如果可以，我想把这次的话题排到“我心中最不想参与的互动”第一名。

我这样一个走在路上还有人问我在哪儿上高中的冻龄美少女，会有初老症？！

如果硬要对比下十年前的我和现在的我，唯一的不同——我变得更美了！

十年前，我刚学化妆，化妆品都是在学校的精品店买的，好像叫月芽儿？里面有个妹子，每次一看见我，就把所有的指甲油颜色给我涂一遍，涂每个颜色时都会说“哇，好适合你”，当时我那些便宜的火烈鸟的睫毛膏、菲诗小铺的隔离霜，都是在她热情推荐下买的，涂完大概十分钟后就会脱妆。后来，我咬咬牙在月芽儿隔壁的卡芝兰专柜买了瓶粉底液，六十九块钱。朵爷还说我奢侈，月芽儿的粉底液都只要二十！（哼，你一个“直男”，懂什么！）

不过六十九块的粉底也顶多撑一个小时，当时也不懂补妆这个事，反正就……挺不美丽的。

现在不一样了，毕竟有钱了……用得起不脱妆的粉底了，每天都是美若天仙的！

小冬菇说，当一个人开始回忆以前的事，就是初老的表现。

哼，我不听我不听我不听！

主持人发言：哎哟，“初老”真是一个可怕的事情，“初老”让我们走下了公主 & 王子的神坛，“初老”让我们流泪！答应我，下次看见我们，不管什么时候都要夸我们嫩得像朵花好吗！带着孩子来见的也请管好他们，不要让孩子们叫我们叔叔阿姨好吗！爱大家！

（微博观光团）

@俗艳少女张美丽
四点钟就已经想好晚上消夜要点什么了，还不下班！

@橡皮面包王小明 评论：@BOSS

上位主持人 / 夏沅

给你一张万能的借条

相信大家都知道，“小美好”是一档正经且严肃的栏目！虽然我们主持阵容最近换得勤，但我们也是有原则的好不好！就比如说我吧，为什么突然来主持这个最红的栏目呢？还不是因为上周在健身房偶遇了 BCSS！所以【哔——】据说大家知道这件事后，现在纷纷要来借我的健身卡！更有过分的，想上位后去借 BOSS 的钱！这群大胆的人，你们还想借什么……

朵爷：柔弱的女孩子就是我！

我可能需要借一个胆！都说人不可貌相，别看我有过单手拉水桶、后空翻三百六十度等高难度的技能，长得一副武术界精英的样子……但我其实胆子小小的，为人很像女孩子的……（叉妹，有本事你维持这个白眼的姿势一整年！）……

我从小就怕死，每天都活得很忐忑，几岁的时候看电视说“科技越来越发达人均寿命增长到 ×× 岁”的时候，我心里才松了一口气——太好了，像我这样每天都做一百个俯卧撑的女孩子一定能活到八百岁！

虽然上班后为了撑住自己的人设，和小锅住的时候家里有蟑螂都是我踩死的（被老鼠吓得跑到饭桌上那次不算），但是，你们知不知道天气热的时候，有一种飞虫（不知道叫什么），喜欢围着家里的灯撞来撞去，看上去很不要命的样子，妈呀，我最怕那个东西了。小时候四十度的高温天气时，我因为怕那种虫子撞到我身上，只好拿棉被把自己从头到脚包裹起来……隔着被子我听到我表姐诡异的声音：“你是不是有病……”

我颤抖着告诉她：“你懂个屁！我在蒸桑拿！”

表姐被我的姿态震慑，也去柜子里翻出了棉被……

除此之外，我还怕过马路，每次过马路的时候，我可以把叉妹的手臂抓到残废……叉妹有一次指着手臂上的瘀青质问我：“为什么不抓张美丽？！”我只好以“她的手臂一只手握不住”搪塞了她……但令人生气的是！最近好几次我经常看到车辆闯红灯，无疑中增加了我过马路的风险，作为一个素质极高的群众，我扬言要给领导写信！小锅冷冷地告诉我：“这是你第五次因为害怕过马路要写信了……”

仔细想想，这些也不是我的错……毕竟柔弱就是我的本色。

丐小亥：
我的人生太充裕了……

兢兢业业的我想借一点时间给张美丽，求她行行好，不要再迟到了！再不济，也请她不要跟我坐同一趟车，别连累我也迟到！每次遇见她，司机就开得特别慢！怎么滴，上演八百里马路送美丽啊！（一口怨气终于抒发掉了！）

貌美如黄轩的我想借一点姿色……给叉妹，尽管她可能不知道姿色是什么东西，因为她一直不曾拥有过……希望她凭借这点儿姿色可以飞得比夏沅高！

体态丰腴的我想借一点【哔】……给朵爷……至于【哔】是什么你们猜……

而我呢，特别想借一点时间！

每天上班都很忙碌，看稿子、取标题、写互动、讨论宣传方案，有时候回想一天的工作，就觉得 BOSS 不疼爱我简直天理难容！

下班后还有热情的同事邀请我晚上一起玩“头脑风暴”的游戏！身在职场，有些交际是必需的，不容推却！而且那个游戏可以预防脑梗……（朵爷：你不就是打个麻将？！）

这样一来就没时间去锻炼身体了，所以才越来越胖……（怪谁？）前几天突然心血来潮，觉得自己不能再胖下去了，穿上花巨资买的专业跑步鞋（只穿了两次）去学校跑步，跑了一圈，觉得有点饿了……等自己清醒过来，我竟然神不知鬼不觉地在吃螺蛳粉……

啊，是谁在背后用法力操纵我！

小锅：
一声闺密大过天！

我……（难以启齿）我想借丐小亥这个人。

大家不要误会，放下那瓶卸妆油，听我解释……我对他丰满的肉体并没有什么非分之想，毕竟他生是读者的人，死是读者的死鬼！我只是想在逢年过节的时候带他回家，因为上次我妈声音沉重地在电话里说，在我们村里，可能只有我一个人没对象了。

我都能想象到，亲戚朋友提起我，幸灾乐祸地说“长得美若天仙有个屁用”的嘴脸……是时候请吉祥物丐胖回去镇场子了。

我想，没有家长能抗拒这种肉乎乎的汉子吧？他可能一到我家，就会搂着我爸妈说：“随便坐，不要客气，就当自己家。”

而且他这个人又多才多艺，白天能搓麻将，晚上能跳广场舞，估计不出三日就能成为我们村里的广场舞之王……

这样，我的爸妈和亲戚朋友都被他的个人魅力所吸引，谁还有空问我有没有对象呢！

（什么假装对象？ No no no，只是让他以闺密的身份去我家而已。）

夏沅：
希望我能活到五百岁！

首先，我想借点年龄给叉妹。等你们到了我这个年纪（哪里不对？）就会发现——精力越来越衰弱，每天早早上床，按时睡觉，注重饮食，时刻养生……

但你看看叉妹，仗着自己年纪小，恃宠而骄！不但半夜点小龙虾，还熬夜成性！有时候我睡一觉醒来……她的房门竟然大开，且灯火通明！所以请叉妹不要拒绝我的好意，赶快长大！

一想到借了年龄给叉妹之后，我就忍不住开心，觉得自己越活越年轻，简直是……天山童姥！（叉妹：这有什么好开心的？）

既然是天山童姥，那么一定是要活五百岁的！既然要活到五百岁，我忍不住想借 BOSS 的（大胆！）……私人教练用一用！

每当我在健身房吭哧吭哧跑步的时候，总会遇见 BOSS……和他尽职尽责的私教！不仅端水送毛巾，还时不时体贴地问：“强度大吗？要不要休息一下呀？”

简直是皇上的待遇！

所以，BOSS，您的私教能借我一用吗？毕竟活到五百岁……也需要一个强壮的身体呢！

张美丽：向仙女再借一副绝世容颜！

我前一阵不是去云南了吗，那边紫外线很强，我防晒没做到位，回来就发现黑了大概……八度。我们组的人吧，天天互相羞辱的，也没有什么同事情，所以并没有注意到我的变化。直到几天后，十三周年读者见面会开启了……

那天，我在家捯饬了整整两个小时的妆，粉底、睫毛膏、口红一样不落，自我感觉当街跳广场舞也会楚楚惹人怜，昂着头就出了门！可万万没想到，见到朵爷后，我不仅广场舞不敢跳了，连广场都不敢去了——

朵爷：“张美丽的阴影粉打得很重吗？今天怎么这么黑？”趁我一脸问号，她又赶紧招呼叉妹、小明、夏沅一同过来，“天哪，你们看张美丽今天好黑！真的好黑啊！”

第二天，我恢复了素面朝天上班了，朵爷又被惊到了：“原来你昨天不是阴影打重了！你是真的变黑了！！！”

第三天，有点生气的我特意起了个大早，给自己抹了三层粉！看他们还说不说我黑！朵爷：“张美丽，你今天太憔悴了，求你晚上早点睡好吗！”

第四天，朵爷：“看不下去了！大家， 我们集资送张美丽一盒粉吧！”

我：“……我已经尽力了！！！我昨晚十点就睡了，睡前我还敷了个面膜！！！”

我现在怀疑朵爷对我有意见，如果她没有，那我现在可能对朵爷有点意见。

主持人发言：这一期的“小美好”，我本来是邀请了新人小明出镜的！然而她不但拒绝了我，甚至还在对话框里一字一句地敲出了：不好意思，我现在有事不在，一会儿再和您联系。

小明……我就坐在你隔壁，我会看不见这是你手打的吗？！封杀你三分钟！

好啦各位，这一期的“小美好”就到这里啦，如果下一期大家看不到我，一定是有人偷了我的健身卡！

主持 / 王小明

我们都是认真的！

“小美好”轮流转，转啊转，就转到了我的肩上……感觉胸前的红领巾更鲜艳了呢！

人生中总有那么几个时刻，明明是说真的，却被认为在找理由；其实很严肃，却让人觉得是开玩笑……无法赴约是因为没洗头；不回消息是因为忘记了；上班迟到是为了扶老奶奶过马路……这种说出来仿佛下一秒就会被人追着打，怎么看都像是找借口的理由，作为当事人还是忍不住对天长啸：我说的都是真的啊！

小锅：我只是想开心……

每次听别人说，这一年存下了多少多少钱，就打心眼里羡慕。别看我别的本事没有，花钱的本事可大了……每个月可以让自己存不下一分钱！（假装自豪。）

我爸终于看不下去了，一脸慈祥地问我："你也【哔】十几了，还没嫁出去，是不是该给自己买套房子了？"

哇，终于要赞助我买房了吗？真·金主爸爸！

我心里一阵激动，甚至把新房乔迁宴上要做什么菜都想好了。

可是，金光闪闪的爸爸话锋一转："所以，你真的要开始存钱了。"

我（假装吐一口烟圈），说："其实也不是没存过，只是总有个声音在耳边说——对自己好一点。我没办法拒绝。"

爸爸冷笑一声，准备起身就走。我嚎了一声，一把抱住爸爸的大腿——

"爸！我平时工作很辛苦的，别看我现在是个组长，可天天被组员催着干活，十分憋屈……所以只能花钱买点儿自己喜欢的东西，让心情不要处在低谷，每一天都开心地生活啊。"

然而爸爸拒绝喝下我这碗鸡汤，并且三两下点开相册，义正词严地说——

"你这个月买的化妆品我都截图了！看来我也不用让你开心了，自己存钱买房吧！"

好吧，算我输，待会儿就屏蔽你！

张美丽：怪我太天真

上一期"小美好"，我写自己晒黑了。万万没想到，这件事还有后续。

可能因为黑得惹了众怒，嫌弃我拉低了组内的平均颜值吧，后来组里的成员们集资送了我一盒贵牌散粉，说用它定妆也能白一点——苍天啊！我以前说我们组没有同事情都是不算数的！我们情比金坚，义比天高！我们就是感动中国年度最好姐妹花！

于是第二天大清早的，鸡都没起来我就起来化妆了，用上了大家送的散粉，心里美滋滋的。每涂一点，就感觉自己又多散发出了一股安静的有钱人气息，以及，我终于可以不用当黑妹了！

万万没想到，当我顶着这张价值一百万的脸到了公司以后，朵爷依然发出了“今天也这么黑”的夸赞……呵呵，她好像忘记了是她说用那盒贵牌散粉会白一点的。

那一整天，我都在对着镜子深情凝视。终于！被我发现了自己黑的缘由：每当我被说黑的那天一定化了妆。而大家反馈黑的主要是眉眼那一块，很可能是因为眼影颜色没选好以及黑眼圈太重，才造成了黑的假象……是的！是这样！我是一个白仙子啊！我怎么会黑呢？！

我又开心了，迈着小碎步去告诉朵爷我的发现。

朵爷说：“不是，你是黑的。”

我：“不是的！我是没睡好黑眼圈太重了，加上眼影……”

朵爷（打断）：“你别狡辩了，你就是黑！”

我：“我不黑！！”

朵爷：“你黑！”

我：“……”

呵呵，说好的同事情谊超不过三秒，是我太天真，相信了这塑料花一般的姐妹情。

叉妹：
我（可能）是一个快乐的女孩！

虽然大家已经听惯了我为张美丽开瓶盖、送夏沅回房间、给朵爷关窗等温馨故事，并且都以此断定我是一个糙汉……但我还是要在这里申诉一下：我！是一个柔弱的（朵爷：？！）女孩！

但是每当我流露出少女本性……就会有些眼红我的人在旁边编排我！说我妆都不会化啦（夏某）、活得太粗糙啦（朵某）……每当我凑过去听大家的女孩生活指南，大家就会露出一种“天哪她又来了”的奇怪表情，我真的很委屈。

现在想来，这些一定都是其他人的心机吧……还不是为了在众目睽睽之下凸显我的男子力！如果《花火》有法院，我一定要和法官申请几条“禁令”：禁止朵爷试图跃到我背上让我载她上班、禁止夏沅看恐怖片……（我最近热情地给她推荐了一部悬疑剧，她居然因为害怕而威胁我周末不许回家……）

前阵子七夕，无聊的我做了微博上的男朋友测试题试图证明自己！最后测试结果显示我是一个大写的……男孩！愤愤不平的我质问我的朋友：为什么我都那么努力地站在女孩的角度上回答了！分还是这么低？

朋友：“呵呵，真正的女孩，才不用‘站在女孩的角度上回答问题’。”

我：“……”

算了，做女孩也太难了，我就只是稍微挣扎两下，还是回到我们男孩的队伍里去吧……（夏沅：？！）

朵爷：
世界上最诚实的人就是我！

上大学的时候，有一个高中同学客气地邀请一群人去她的学校找她玩，而我也在嘉宾（？ ）之列。作为一个晕车并想在宿舍看《武林外传》（暴露年龄）的人，我并不想去，但我说不出口！我缺乏拒绝人的能力！而且我又不想撒谎，所以我需要一个充分的理由！

万般无奈之下，本人只好在冬天浇了自己一头刺骨的冷水，然后站在电风扇前吹了半个小时……希望自己能发烧！躁起来！

当时，我的室友（对，就是小锅）翻着白眼对我表示“你是不是神经病哦”……

但这都不是最过分的，最过分的是，我的体格实在是太强悍了，都怪我大学时每天都拿两个矿泉水瓶练肌肉，导致我头发都吹干了还没有生病。

这件事情我好像讲过一次，讲过之后有一部分人私信我，内容如下——

“呵呵，和朋友之间有什么不能坦诚相待呢。”

“年轻时候不注意，等你上了年纪，你会得老年病的……”

“朵爷朵爷，你有没有试过在雪地里裸跑？”

…………

无独有偶，前几天我又收到了同学聚会的邀请，有一个组织的同学特别有诚意，发了 PPT 到我的微信上。我颤抖着打开，看到了八十几张他身挂又大又粗的金链子的照片，上曰：“同学，还记得我吗？”

我……记是记得！但我没有时间去，我还有 ×××× 万的码洋任务在身呢！（老板快表扬我！）但是，我还没有想到拒绝的理由，毕竟我年纪也大了，不能再浇冷水了，如果大家想到什么合适的理由，请私信告诉我……

夏沅：
我真的不是觊觎公司……

小明有本“无常簿”，每天随身带着，一言不合就掏出来搞事情

（打小报告）……

我因为坐在她旁边，每天战战兢兢、如履薄冰，生怕一个不小心就被她抓到把柄。

然而人算不如天算，谨慎如我，却还是一个不小心……暴露了……

那是即将发工资的一天，公司一片寂静，每个人都怀着一颗渴望收到工资的心蠢蠢欲动。信用卡账单以每三分钟提醒一次的频率催着我还钱，好像下一秒我就要携款潜逃一样！

无心工作的我忍不住发出叹息："怎么还不发工资呀……"

话音刚落，远在三米开外的朵爷："你还惦记着工资？"

"当然了！"毫不掩饰对工资渴望的我脱口而出，"试问编辑部方圆十里内，谁不惦记着公司！"

朵爷："……"

叉妹："……"

张美丽："……"

旁边的小明迅速拿起她的"无常簿"：× 年 × 月 × 日，夏沅说她惦记着邹总的公司！

我："……"

不是这样的，你们听我解释！我的意思是……谁不惦记着工资！工资！

我没有胆子觊觎公司的！真的……（叉妹：大家珍惜最后一次见到夏沅的机会吧……）

主持人发言：第一次催"小美好"，大家都很不配合，特别是叉妹这个将"小美好"郑重交给我的人，不积极配合就算了，光催我交互动自己却不写也算了，还说活到现在从来没有说过离谱的理由。要我说，凭这就是为了不交互动最离谱的一个借口！

还有朵爷，狡辩拖互动是因为有自己的拖稿计划……大家说，难道不是因为懒吗？

（朵爷：小明，你明天不用来上班了！）

我要 Diss你!

主持/王小明

Diss，来源于Hip-Hop(嘻哈)文化，原指Rapper(说唱艺人)用Rap(说唱)去批判和讽刺看不惯的人或事。而本期“小美好”的主题就是——Diss！参与此环节的人都将获得用文字肆意Diss某人的机会！一个光明正大的羞辱盛会!

虽然我们的编辑部日常就是互相羞辱，但这样放到台面上来，甚至披着“我们的小美好”如此甜美的外衣，真是……令人期待啊!

这期“小美好”，注定是一场腥风血雨……

叉妹：
拒绝朵爷点单，从我做起!

朵爷作为我们《花火》的领头人，魅丽的瑰宝，我们所有人都是很尊敬她的……除了聚餐的时候。在这里我想质问一下朵爷——小明为什么屡次在微博上发起拒绝职场聚餐的话题，你心里还没点数儿吗！

每次聚餐的时候，只要菜单在朵爷手里……这顿饭就完了。

朵爷："肥牛两份、羊肉两份、肥牛羊肉双拼两份、牛肉丸两份、油条两份、牛肚、黄喉、鸭肠、去骨鸭掌……哇，金针菇有人吃吗？"

朵爷："土豆、藕片、海带、燕饺、鱼滑、粉丝……啊呀，这个店东西好少哦！"

夏沅（疯狂制止）："朵爷，你醒醒，我们一共才五个人啊！"（朵爷：你懂什么，我都是给张美丽点的！）

小明（贫穷的手止不住颤抖）："……"

最后我们吃了五百多。

那之后在我们苦口婆心的劝告之下，朵爷点餐的恶习终于有所收敛，直到有一天，我和朵爷在辛勤工作后路过一家日料店。

我（盯着朵爷点完百分之八十的单）："朵爷，你先点，我先去个厕所。"

我（哽咽）："朵爷，你要牢记，我（们）没钱。"

朵爷："走走走，烦不烦。"

等我从厕所回来之后，我感觉朵爷复杂的表情中带着一丝心虚……还时不时问我要不要再点一点儿！我义正词严地拒绝了她，过了十分钟，开始上菜了。

服务员："您好，这是您点的火焰寿司拼盘（8个）、豪华寿司拼盘（8个）、牛油果寿司（8个）。"

…………

朵爷（手舞足蹈）："哇，我觉得我们下一期'小美好'的主题可以写你想Diss的那个人！这样你就可以写……"

我（冷静）："你。"

朵爷（噎住）：“我是说到时候你就可以写……”

我（坚定）：“你。”

那天的我，悲痛欲绝。

小锅：
偷拍我可以，但要用美颜相机。

前几天我去剪头发，熟悉的师傅不在，洗头小哥热情地向我推荐了一位师傅，说他不仅技术好，远看还有点像木村拓哉。看在颜值的份上，我勉强（画掉）答应了，雀跃地等着，连自拍 APP 也打开了。

等了半天，一个大花臂兄弟过来了——如果有来生，我想问问那位洗头小哥，你到底是站在几里外看的？

剪发过程中，我连大气也不敢出，生怕他一生气，就有一群大花臂的兄弟围上来。

大兄弟剪完后，从身后掏出一个东西，吓了我一跳——镶满了粉红色闪钻的吹风机？！

我（内心复杂）：“……”

吹完后，大兄弟突然喊我站起来，跟他走。

我腿一软，心想，难道刚才偷拍他的吹风机被看见了吗？今天还能活着回家吗？我还有五个快递没有签收呢！

我跟着大兄弟一路走到外面，他摸出了手机开始给我拍照。我哆哆嗦嗦地问：“你开的是美颜相机吗？”

大兄弟眉头一皱，我便再也不敢吭声。

晚上大兄弟问我要不要照片，我大着胆子问：“好看吗？”

大兄弟回复了一个不好意思的表情：“把你拍胖了一点。”

好的，我知道了，照片请立刻销毁吧。

丏小亥：
这个世界变了！

长沙的天气太变态了，昨天 30℃，今天立马就降到只有 14℃，穿着短裤出门的我，茫然地看着旁边身穿小棉袄的陌生人……

当我回去打开衣柜时，我觉得里面的衣服都配不上自己了……因为我越来越优秀（胖）了！

前阵子去买衣服，我特意买了两件小一号的，觉得自己一定会瘦下来……呵呵，男人的话千万别信。

算了算了，几件衣服而已，以后我就披着床单上班好了。

我想 BOSS 一定会同意的。

往日冷酷的 BOSS 最近也变了个人似的，温暖得如一团大棉袄……现在又要在公司斥巨资建一个茶水间，里面有咖啡、水果、饮料，还问我们要不要再添加什么东西？

我摁住了自己，我想说，可以加张床和厨房吗，然后让小锅留下来……给我做饭吃。

小锅变了，以前回家都会做一个安安静静的小仙女，现在呢，俗不可耐！每天逛超市、菜市场，再回去做牛腩炖芋头、啤酒鸭……还把做菜的视频发给我们看，向我们汇报每天吃什么，但又不喊我们一起！

——真是如塑料花一般的朋友情谊！好怀念当年脸如满月的小锅啊……现在又瘦又美的她，有什么资格和我跟朵爷并肩而立呢？

对了，朵爷，下次当我推开男厕所的门时，看到的人不要又是你好吗？而且换裤子的速度能不能快点，公司只有一个男厕所！

唉，这个世界变了。

夏沅：
我可能要被封杀了！

首先我想先 Diss 一下本期“小美好”的主持人：王小明！太嚣张了……

作为一个新人编辑，不好好工作，尊敬“前辈”（？），每天就知道搞事情，甚至还想出Diss同事这种主题，企图挑拨离间，你怕不是胆子太大了一些！（小明：别拦着我，我要封杀皇后了……）

然后，趁着这个千载难逢的机会，我还想重点（画掉）Diss 一下……朵爷！（大胆！）

大家都知道，朵爷瘦，而且是那种怎么吃都吃不胖的瘦……

不夸张地说，十年前我就和她现在一样重了，但是在这十年里，我又增长了知识、智慧、才华、美貌，（叉妹：？？？）所以一不小心多吃两口，就容易从夏沅变成夏三元。

而朵爷仗着自己吃不胖，每天大半夜在群里挨个艾特（网络聊天工具中提醒的意思）我们。

前天煮了面……

昨天点了烧烤……

今天连火锅都吃上了……

惹得我数次伸出罪恶的手打开外卖APP，在变身夏三元的路上越走越远……

朵爷：
BOSS……我的红包呢？

这期我悄悄地把自己排到了最后，（小明：是你拖稿。）就是想看看有几个人说了我坏话！

来人啊！（小明：在。）给我加几个页码！不够写不够写！（小明：……想得美。）

首先，我要讲一下肖云梦（就是叉妹，她的真名叫这个！我生气的时候一定要叫她全名！），这个人，昨天在和我一起打完开水之后，故意走在我的后面，伸出她猪掌大的手，扇了我的后脑勺一下！你们看到了没有！她打人了！来人啊！我要将她扭送派出所！（叉妹：是你先打我的 OK？）

而且你们不知道的是，叉妹的这些做派，都是跟夏沅学的！

其次我要讲一下邹……啊 BOSS 大人！有一天晚上，BOSS 在群里和我们开会，然后说出了那句“接下来提出不错建议的同事会收到红包奖励”……BOSS 总是这样！动不动就发钱！尤记得一个根本不是节日的日子里，连发了 × 万……其中两个刚进公司还没有一周的妹子，各抢走了一千……那两个妹子被全公司视为公敌已经半年了！

好的，讲到发红包，我屏住了呼吸，放下了手里的卤味，开始疯狂地编辑，终于在五分钟之后，第一个闪电般地发出了千字长文！句句都是精华！哇，当之无愧的公司栋梁！（BOSS：你可以了……）

我隔着屏幕都能感受到公司其他同事的羡慕、钦佩，以及想给我打钱的情绪（来呀快来呀）……我觉得马上我就要等到 BOSS 的赞和私包了！哇，真是期待呢……

群里沉默了一会儿……

又沉默了会儿……

终于！有动静了！哇哈哈，肯定是 BOSS——

噢……不是，是丐小亥发了两千多字的“个人看法”，哼，这个小腿子！

我俩互相给对方点了赞，“你真棒”“你也是”……然后一起屏息期待……

于是，那天晚上，群里再也没有动静，我甚至感觉 BOSS 退群了……

小明：“BOSS 不会骗人的，肯定是你的建议不行。”

我：“……那我还要再继续 Diss 人！”

小明：“没有版面了！你每期都超出预算！又不给你发钱你写这么多。”

我（恍然大悟）：“那不写了。”

主持人发言：本以为这期会有很多人羞辱张美丽，所以本期“小美好”让她禁言！不给她任何狡辩的机会！但万万没想到，大家纷纷表示：“要羞辱张美丽几百字哪写得完？”

另外小明很委屈，这期的“Diss”主题明明是朵爷“钦定”的！夏沅却要诬陷我……真不知道是故意的还是特意的，这个做作的瘦子！

中 场 休 息

——从疲惫的日常生活中
发现有趣的闪光时刻

“中场休息”这个名字平平无奇，内容却是出奇的丰富。它是杂志中的中场栏目，与“我们的小美好”一样，是杂志中的重点互动——还原的对话、夸张的语气加上官方吐槽，所有能公开、差点不能公开的《花火》编辑部八卦动态和幕后故事尽在这里。

本栏目主要出场人物

朵爷 ▷▶▷

一个入行十多年的资深编辑，《花火》杂志的知名主编，策划过多本畅销图书，每天都有忠实粉丝私信表白……在“中场休息”里却完全不是这个形象。朵爷以为，在日常工作和生活中常惨遭自己的组员以下犯上，并被记录在“中场休息”中大肆渲染和宣传，让她威严尽失。

张美丽 ▷▶▷

本是走文艺、高冷路线的张美丽，因为爱吃、嗜睡和健忘这三大特点，非本意地变成了花火B组官方开心果。遇上张美丽状况频出、越发崩溃的时期，“中场休息”的热烈氛围堪比过年。

夏沅 ▷▶▷

早在前期的“中场休息”，有胆子比较大的主持人就做了“大魔王夏沅特辑”，时日渐长，夏沅威名远扬，却仍有多位不信邪的读者发问：“夏沅真的那么凶吗？”是不是真的，让我们在“中场休息”中一探究竟。

叉叉 ▷▶▷

惜命程度媲美朵爷，每天都在脑内演习当办公室发生意外时的逃生路线。尽管嘴上说着害怕，然而总在“不小心”间拳打小明、脚踢夏沅。“能出手时就出手，该认怂时还认怂”疑似是叉妹的做人格言。

王小明 ▷▶▷

因为热爱显瘦的黑色，和坚持以沉默应对老板（自称“领导恐惧症”），刚加入花火 B 组时的王小明被当成阴沉、少言的背后灵。从战战兢兢的新人变成咋咋呼呼的“杉菜明”，一切都是因为手握“中场休息”话语权给了她无尽的底气。

琴子 ▷▶▷

她已离开江湖，江湖却还留有她的传说——在编辑部，琴子曾是“直言不讳”这个词的最佳代言人，难吃的东西，绝不会只说一般。琴子改变人生轨道去当教师后，大家会不约而同地在上交的意见栏落款里写上她的名字。

新人入职：你可以喜欢我嘛！

主持 / 气场两米八的伪汉子叉叉

这是一期可怕的栏目……

因为你们好久不见的朵爷回来了……好吓人！

朵爷跟我们交代：“为了让读者开心！把你们的看家本领都拿出来！”

于是，在扭捏了一秒钟之后，我们在办公室里开始展示广场舞、翻跟头、扮鬼脸……还有劈叉等各种绝活儿……

我觉得读者大人们会哭……好啦！摸摸头！本期“中场休息”开始啦！

01 新编入职介绍

朵爷离职了，又回来了，然后带了一些新软妹。

琴子是一个长着“我会做满汉全席”脸的少女。（其实啥都不会。）

她是一个花粉，来的时候朵爷面试她也没啥表示，回去却给丐小亥写了一封情深义重的私信。她在私信里说：“啊！我今天好激动！”

什么鬼……朵爷居然还让她来了！

夏沅是一个长得很柔软却具有活力的河南少女。（光艺名就取得很做作。）

朵爷经常提起她……

有一次朵爷的好闺密小锅问朵爷：“你说的那个夏沅是不是你们组最紧的一个？”

朵爷：“‘最紧’是什么鬼形容？”

小锅：“就是每天都恨不得用衣服把自己勒死……”

朵爷：“那叫贴身……”

张美丽是一个文艺得冷若冰霜的姑娘。（对，当我们形容文艺的时候我们要说“姑娘”！）

只是她太冷了，来了几个月也不怎么说话……

所以抱歉，我暂时还没摸清她的风格……

到我了，我是叉妹！我能徒手开瓶盖！就地劈叉！还是婴幼儿长跑冠军！

……虽然大家都是拒绝的。

作为朵爷的学妹，为人温婉可人！（好像并没有什么信服力！）

不过朵爷说学校太渣了让我不要说出来！她说我们学校经常出笑星……我不知道她几个意思哦！我反正是很正常的呢！

以及——我是我们组最高的！

呵呵，我们组的身高都在一米六以下。

好啦，都介绍完了，请挑两个来喜欢吧……（喜欢我！快喜欢我！）

02 年度编辑部拖稿冠军

最近加了一个读者群，大家都在很热烈地表达着对作者们的热爱，然后我弱弱地问了一句：“朵爷呢？”群里忽然一片寂静。过了半晌，有个读者回我：“别提朵爷，她的《成人礼晚点》我从小学追到了高中，居然还没出……”

我想请作者丐小亥和朵爷对此发表感想。

丐小亥：“我什么话都不想说了……只求等书上市后，你们不要表示‘反正你们让我们等了三年，那我们也要三年之后再去买！’……不要这样啊，我多送点赠品给你们……”

朵爷：“写完了！写完了！明年一定出！和《成人礼晚点 2》一起出！”

柔软的夏沅又穿着紧身衣路过我的办公桌，旁边还面瘫着的张美丽递给琴子一大堆信，而我，刚柔并济的叉妹，此刻将文档发给了朵爷就想跑。“叉！妹！”……哦那个，我们下期再、再、再、再见！

叉叉：想问夏沅！你还记得当初说要和我一起看星星看月亮，每天要喝苦瓜汁，还要跑一千米吗？！还记得我特地买了一双现在最潮的张继科牌蓝色运动鞋想要和你一起健身，却再也没有穿它出门的机会吗！……世风日下人心不古，夏沅的誓言就是一盘散沙，风一吹就没有了……

夏沅：请楼上的叉叉摸着自己的胸……口回答我：是谁，刚发了工资下一秒立刻教唆我去吃火锅的？！是谁，每天大半夜教唆我点外卖叫烧烤的？！是谁，每次都骗我说吃冰激凌不会胖、吃巧克力也不会胖的？！不过说真的，苦瓜汁真的是太难喝了！为了不再喝苦瓜汁，我决定今天下午下班准时去健身房报到，希望过年回家的时候，大家见到我大呼——“哇，你怎么瘦成这个样子啦！”

还不是因为我们美！

主持／张美丽

大家好！欢迎收看本期“中场休息”！

张美丽和叉叉换班了，本期将由张美丽来主持“中场休息”，给大家播报编辑部最新八卦动态！希望大家不要问理由，只要记住，我们美，有资格任性就行了！谢谢大家！

01 叉叉不要脸！

叉叉和张美丽是邻座，两人经常共享物品资源。这天，张美丽正在满世界找纸巾……

叉叉：“咦，张美丽的纸为什么到了我桌上呢？”

张美丽：“是啊，为什么呢？”（难道不是你一分钟前擤鼻涕借过去就没还回来吗！）

叉叉："哦，我知道了，一定是因为我美。"

张美丽："……呵呵。"

02 琴子好可怕！

公司换工资卡需要身份证复印件，大家纷纷掏出身份证到前台去复印。

叉叉："咦，我身份证呢？"

琴子在旁边很开心地起哄："找不到咯，找不到咯！"

张美丽："琴子你咋这样，都要走了就不能对叉妹好一点？"

琴子："我要伤害她，我走的那天要把你们全都伤害一遍，让你们对我印象深刻。"

…………

…………

…………

叉叉＆张美丽＆夏沅："琴子，你还是快走吧。"

03 朵爷别吃了！

这天，叉叉在座位上一会儿站起来做眺望状，一会儿坐下抓耳挠腮的。这一切，只是为了偷窥朵爷的电脑屏幕，看她有没有点开互动主题。

五分钟后。

叉叉弱弱地在群里问："朵爷，互动你看了吗？"

朵爷："没看哦。大家，我们的食物箱是不是空了！还不集资买零食吗！"

十分钟后。

叉叉："朵爷，互动你看了吧？"

朵爷："好困哦，我们去买辣条吃吧？"

十五分钟后。

叉叉："朵爷，我已经做好互动被羞辱的准备了……"

朵爷："饿……有吃的吗？"

此刻叉叉内心是崩溃的，究竟是有多不想看互动！

04 张美丽 你够了！

一天中午，大家也不知道为什么，就身份证照片聊了起来。

负责宣传的妹子不知道从哪里拿出来一张韩国男生的寸照："你看，韩国人的证件照都这么好看。他们拍完证件照后，都会专门用修图软件去修一下！"

张美丽："他们为什么不能正视自己的脸？这样还怎么正视自己的人生！"

叉叉："……好有道理。"

琴子（乖宝宝脸）："是呀，要正视自己的脸，正视自己的人生。"

张美丽："当然，主要还是因为我们不用修图也很美。"

叉叉："是的，就是这样。"

琴子（乖宝宝脸）："嗯嗯，对，我们天生丽质。"

一旁默默帮大家弄复印件的夏沅终于……听不下去了："行了行了，你们差不多得了啊！"

05 夏沅 补刀大魔王！

这天，叉叉提了一个问题让大家回答，好为《余生有你才安好2》做宣传。

叉叉："什么情况下你会卸下自己的所有防备？"

夏沅："晚上睡觉的……时候。"

叉叉点评："呸。"

琴子："跟喜欢的人在一起的时候吧（可惜没有）。"

叉叉点评："好的，这个也是。"

张美丽："洗澡的时候算不算……"

叉叉点评："张美丽请你出去！"

张美丽："？？？（难道说得不对？）"

叉叉："我换一个好回答一点的问题，你听过最伤人的话是什么？"

琴子："反正你就是这样的人……"（琴子对这句话吐槽了半个小时。）

夏沅："我听过的最伤人的话是'你不要这样子'，好像和琴子的差不多，哈哈。"

张美丽（一脸忧郁）："感觉这些话都像是从男朋友嘴里说出来的，而我……并没有过男朋友……我是不是不够格参与这次的话题？"

夏沅："那我给你一句哦……你为什么还没有男朋友？！"

张美丽："……你怎么这样！你这是心里有漏洞！你等着！我要把你写进'中场休息'里控诉！"

夏沅："你心里没有漏洞为什么要控诉我？！"

张美丽："因为我美！"

夏沅："……"（并不是很想理她。）

06 我们都是恶毒姐妹花

七夕节的这天（没错！你们拿到杂志的时候都开始过国庆了，我们还在过七夕！），迟到王张美丽再一次踩点赶到了座位上，还没落座，就收到了来自琴子的暖心关怀："美丽，你迟到了吗？"

张美丽（笑嘻嘻）："没有哦。"

下一秒，夏沅（笑眯眯）："节日快乐，单身狗。"

张美丽："……为什么一大早就要攻击我？"

夏沅："你说，一年后的今天，我们会不会还是单身狗？"

张美丽："哈！来了魅丽你还想嫁出去？"

叉叉："……"

夏沅："……"

琴子："……"

夏沅："我们好惨，大学念没什么男生的大学，工作选没什么男生的工作。

我们班女生与男生的比例为八比一。”

张美丽：“我们六十比零。”

琴子：“我们……几千比一。”

来自女子大学毕业的琴子，成功终结了话题。

后续……

叉叉：“我要到光棍节那天给大家发——年年有今日，岁岁有今朝。”

夏沅：“……这是个诅咒啊！”

张美丽：“……”（二话不说抄起纸团就朝叉妹扔了过去。）

编辑大乱斗：不要再黑我们啦！

主持 / 每天都在被朵爷补刀的叉叉

这是一期可怕的栏目……

……我并没有偷懒！我只是为了强调朵爷回来后的可怕性！

想必大家都知道，当年的朵爷还是一个温婉、玲珑、知性的女子，但是徒手劈开一个石榴什么的完全不在话下！

更惊悚的是！现在的朵爷可能是进入了青春期……开始向我们开刀了！好可怕！

老是大喘气问我们加不加公司的“鸡（排）”QQ 群啊！（夏沅：够了，快停止这无意义的停顿！）时不时发射些爱的毒液啊！

都说读者是我们的衣食父母！在被朵爷又补了一刀之后，我抹着眼泪打开了 Word 文档。

爸！妈！快管管朵爷吧！

01 又到了毒舌王出山的时候了

长沙的冬天到了，每到这个时候，编辑们就变得特别焦躁。

最近朵爷制作的《你的美好总会有人知道》要上市了，张美丽为了读者的奖品每天都埋在她的长发里强行加班。（吓坏了要关门的阿姨）

最后，文艺症十级的张美丽终于选中了一支粉嫩嫩的水蜜桃护手霜！

并且赶在阿姨发心脏病前猛一甩头，把她扑通扑通的少女心发给了朵爷！

朵爷："好像一个屁股！"

…………

呃。

张美丽再也没提过她的少女心。（心疼）

02 夏沅皇后千岁千岁千千岁！

到了截稿日，夏沅又开始向编辑们吭哧吭哧地收稿子了。

朵爷虽然被几百篇稿子砸得胸痛……但依旧坚守在第一岗位！

近了！近了！胜利的曙光！……等等，叉妹和琴子交的稿子不见了！

夏沅："忙忘了！在我这儿！"

朵爷："天啦！你居然还藏稿子！这个组还内斗！太可怕了！"（夏沅：不！朵爷你听我说！朵爷！）

叉叉："夏沅皇后……是臣妾……错付了！"（夏沅：够了别演了！）

……什么鬼！

然后朵爷组内斗的故事传遍了编辑部。（并没有）

03 下一个魅丽巨星在哪里？

公司年会又要开始报节目了，朵爷不由分说地把我报了上去。

朵爷：“叉妹！是时候展现你的才华了！”

其实我也是怕的……朵爷这么器重我！（你误会了！）我被夏沅藏稿子怎么办！

于是我抹了抹眼泪。

我：“选夏沅吧！她长得好看！”

看着朵爷正在输入的对话框，我都要被自己感动了！

朵爷：“节目要丑的！丑角才好笑！”

丑角才好笑！才好笑！好笑！

……哇！

美少女那么多，我想去看看……

04 写工资条的朵爷最可人！

交完稿子，帮张美丽包装好屁股——水蜜桃护手霜！我悠悠然晃过朵爷的座位，看着她戴着增高用的帽子，给我们写着工资条……其实是保暖用的帽子！我们朵一直温柔可人，不离不弃地把我们拉扯大！爱朵护朵！人人有责！啊要发工资了！

主持 / 又是张美丽

编辑不好当！

各位读者老爷们，大家好！

最近收到了很多微博私信，大家对“编辑”这职业真的好好奇哦，都超过了对朵爷身高的好奇了（朵爷：大爷我穿鞋一米八）！体贴如本主持人，这一期“中场休息”，就带着大家去探一探编辑部工作的日常，让你们了解一下，编辑，是一个多可怕的职业！

01 催稿日常

催稿这件事，每回都要让我们痛苦大半个月。上半月放肆被夏沅催着交互动，恨不得要死在她面前；下半个月马上就提刀去找作者大战三百回合，死在作者们面前……于是，从夏沅那里受到的伤害，之后都会加倍施加到作者们身上。

这段啰嗦的话的重点是，作者们，你们该怨恨的是夏沅啊！（夏沅：？？？）

有一天，我跟叉妹的对面突然冒出了一个惨白的鬼……哦，那是涂了五层粉的夏沅。

夏沅："朋友们，明天要交互动哦！"

大家……并没有理她。这种时候谁跟你是朋友？

夏沅："你俩别想装死哦，交互动。"（一眼就看穿了呢！）

叉叉（假装懵懂）："啊？你说啥？我听不见。"

然后叉妹就被殴了。

一看叉妹道行就浅，这种时候怎么能回话呢？看看我，此刻正聚精会神盯着电脑屏幕，沉浸在看稿的快乐里不问世事……

夏沅："……"（盯）

嗯，这个时候我感受到了一道凌厉的目光正打在我脸上。

怎么说呢？在这之前，我是不知道夏沅一双近视眼也能发出宇宙射线般的目光的。但没关系，我是一个仙女，不怕射线，这种时候我更应该淡定。

张美丽："……"（不为所动）

叉叉："……"（捂着脸转头一起盯）

……不行了，仙女也要扛不住了。

张美丽："叉妹，你怎么回事？你到底是哪一边的？"

叉叉（装委屈）："哎呀，人家只是不想一个人受难嘛……"

夏沅、张美丽："……好好说话！"

算了，我们还有终极大杀器朵爷！作为“魅丽”两大拖稿精之一，我们相信朵爷不会让我们失望的！果然……

朵爷：“乡亲们，下班去按摩吗？”

张美丽、叉叉：“美丽的村民们要加班写互动哦。”

朵爷：“虽然我也没写，但我觉得我可以一边按摩一边酝酿！”（谁信！）

然后，我们听到了夏沅幽幽的声音：“朵爷，交值班日志。”

朵爷（有点不开心）：“我写了八十个字了！”

夏沅：“那你还去按摩？”

朵爷按住电脑电源键：“……你别逼我！逼我我就毁掉这八十个字！”

哇！朵爷简直神武，今天脱了鞋也有一米八！

受到了威胁的夏沅只好先退下了，我们赢得了短暂、平和又愉悦的一小时。

然后就……下班了……什么鬼，我明明只是闭了一下眼再睁开而已！我的Word上还只有三个字！

张美丽：“夏沅，你明天请假好吗？”

夏沅：“你以为我明天请假你就可以不交了吗？我辞职你也得写！”

我只好和叉叉抱着哭了。朵爷看不下去了(并不是因为她的互动也没写完)。

朵爷：“夏沅！我给你放假，你出去感受下长沙风光好吗？”

夏沅双手双脚抱住了桌腿：“我不走！收不到互动我不走！不走！！”

朵爷（强硬）：“我命令你！”

夏沅已经疯了：“不！我只要互动 #*& ￥%&*……”

…………

“啊，互动使人变态。”我跟叉妹害怕地抱紧了彼此，拉着手下班前如是说。

02 主编难哄

因为催不到稿怨念太深，我最近已经被几拨读者吐槽了："十条微博里九条都在催稿！"

我……我也不想的好吗！还不是因为朵爷！

有一天，朵爷很严肃地问大家："你们最近都谈恋爱去了吗？"

大家一脸问号。朵爷咋这样！明明知道我们万年没有男朋友，还暗搓搓攻击我们是单身！

朵爷（冷漠）："那为什么只有这几篇稿子？"

大家："没……没催到稿……"

朵爷："没催到稿就没有钱，没有钱怎么谈恋爱？你们是不是不想嫁了？"

这番话简直振聋发聩，让大家感受到了心灵的震颤！

于是最近，大家为了催稿使出了吃奶的劲儿……

叉妹，一个壮汉，天天穿着学生制服裙、鼓着肱二头肌在作者们门前表演劈叉。作者们受到了惊吓的同时，纷纷关上了大门并给"战友"发去了消息："叉叉又来了！大家快装死！"

为了避免这种现象再次出现，夏沅寄样刊时，给所有作者都附上了恐吓信："不给稿就吊死在你家门口！"后来，作者们干脆连样刊都不收了，邮局小哥退回来的样刊已将前台姐姐淹没……

而我，为了保持温婉（做作！）的形象，在微博上连骗带吼："小张，一个拥有人生大智慧的少女，你们要常和她交流，多给她写稿（重点）。""还刷主页，问一问自己，稿子交给张美丽了吗？！”

所以这一期，当大家捧着沉甸甸的稿子塞给朵爷时，她惊吓之余一脸的痛不欲生：“你们，为什么要让我看八百篇稿子，想累死我吗？”

大家纷纷捧着脸围在她座位边上，给予她爱的鼓励（威胁）：“朵爷，今天要看完哦！”

朵爷（挣扎）：“你们看！这些女主设定都是‘习武’，一定是少林寺开始批量生产女主了！要不我先不看了？”

大家：“要不你先看这个！”

朵爷（垂死挣扎）：“这篇稿子好矫情，你们一定不这么觉得对不对？啊，今天果然不适合看稿。”

大家：“嗯，矫情，那看这个！”

朵爷：“……我想上厕所！”

大家：“我们陪你去。”

朵爷：“……”

后来，朵爷再也没抱怨过稿子少。

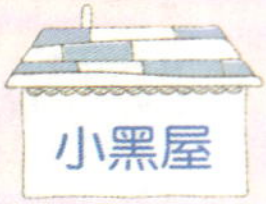

叉妹：请问林桑榆，第一次过稿是什么时候？当时心情怎么样……稿费都拿去做什么了？！

林桑榆：第一次过稿是五年多以前，得到稿费后的第一件事情，是将主角原型都约出来，心平气和地告诉他们，如果有天在某本书里发现有人诋毁你，不要担心，不要着急，也不要找我，我很好。

编辑部日常：出卖朵爷小分队的崛起！

主持 /
出卖朵爷小分队的得力干将叉

放暑假啦！最近朵爷微博评论下的小朋友（比如我）多了起来，大家都亲切地叫朵爷——蓝朵朵！哇！我们这种零零后（琴子：我呸！）才不知道这个古老的名字呢！（某读者：你咋这样！蓝朵朵是震撼过我幼小心灵的能扛饮水桶的女汉子啊！）……好啦！作为出卖朵爷小分队的得力干将，我不得不给你们揭露这个“汉子”的另一面！那就是……等等朵爷，你放开我，有话好好说！

夏沅：“咳，下面就进入我们今天的‘中场休息’——”

01 一言不合就扣工资！

有段时间，微博上很流行一个游戏，那就是给男朋友猜化妆品的价格！叉妹和朵爷作为编辑部公认的“直男”，自然没能逃过夏皇后的魔爪……

于是午休的时候，大家就能看到办公室的一个小角落里，高大的（朵爷：……）叉妹和娇小的朵爷缩在一起，手里捧着夏沅的手机，时而一脸懵懂，时而傻笑起来……

夏沅（拿起一瓶卸妆水）：“这个是什么？”

朵爷 & 叉妹：“水！ 250ml 的水！”

夏沅：“这是什么牌子？”

朵爷 & 叉妹：“……这怎么猜得出来啊！国外的！”

夏沅：“这个总该知道了吧？你们还是不是女生啊！”（张美丽：显然不是）

叉妹：“……”

朵爷：“我跟你拼了！”

一阵狂风暴雨（并没有）之后……朵爷优雅地坐在椅子上，捋了捋散落的头发：“叉妹啊，我觉得夏沅的工资真是太高了哦（叉妹：是哦是哦）……你觉得是不是得扣点哦……（叉妹：是哦是哦）”

夏沅看着嘿嘿嘿笑起来的朵爷和叉妹，打了个寒战。

……哇！

朵爷！我、我觉得我还可以抢救一下……

02 忙，忙点好啊！

编辑部有一个微信群，朵爷经常会在里面和大家谈谈理想（比如彩票），谈谈心事（比如饿了）……

这天周末，朵爷又开始在群里发消息……

朵爷：“《爱你时有风》宣传得怎么样啦？@张美丽”

朵爷：“《平生不晚》的预售做好了吗？@夏沅”

朵爷：“《恋着多欢喜》的封面第三十版出来了吗？@琴子”

朵爷：“《余生有你才安好》的样书到了吗？@叉叉”

一片寂静。

朵爷……忍不了了：“你们人呢！一个个都去哪儿了！都开除！”

张美丽：“刚刚在聚餐哦！给读者录好相声了吗？”

琴子：“刚爬完山呢！”

叉妹：“早上好！”（朵爷：都几点了！！）

夏沅：“朵爷，专栏呢？”

……呵呵。

朵爷抱着（我猜的）自己的《成人礼晚点》……心酸地翻着微博评论。

都没人记得了哦，都没人买书了哦，都忙，忙点好啊……

03 煽情保命！

这期的结尾，我要煽情一回……虽然我们光明正大（朵爷：有脸！）地组成了出卖朵爷小分队……但是在我们心里，朵爷永远是编辑部的扛把子！是可以扛动饮水桶的女人（这点有待考证）！爱朵护朵，人人有责，我的愿望是……人人都爱蓝朵朵！（朵爷：你出去！）

编辑考验大指南！

主持 / 张美丽

听说好多人都想来当编辑哟！甚至还经常有读者“崽子”问我：“美丽，你们还招人吗？端茶扫地也可以！我能文能武身强体壮还会劈叉，你们值得拥有！”

这种时候，我总是很想问大家：“真的吗？！你们想清楚了吗？！”来我司当编辑，可是每天要面对下面这样的同事，过着这样的生活……你，真的准备好了吗？

01 我们是刻薄的小伙伴……

有时候我觉得，我的同事们太刻薄了，和这样的他们每天抬头不见低头见，很容易令人厌世。

比如隔壁自封仙女组的小锅，青天白日之下嘲笑我们花火 B 组是矮子组，好气哦！她们大脸组有什么脸笑我们！我有一米六好吗！

还有隔壁的隔壁的影像组丐小亥，私底下给我们每个人都取了外号！矮妹朵、大头帆、紧妹珊、男人叉……（我们：？？？）我跟你讲，你们影像组的休想让我们把叉妹嫁给十颜，就算他俩在年会上再演一百次情侣也免谈！（叉妹：？？？我和十颜是清白的！大家相信我！）

好在我们花火 B 组组内还是很和谐的，处处充满着温暖（你确定？？）。万万没想到的是，我们刻薄起来会连自己也不放过……都怪夏沅！

是这样的，最近大家决计要搞个大事情，纷纷开始埋头写稿子。而可怜的我，一个字都写不出来，每天唉声叹气……

我："忧郁，不知道该写啥！"

皇后："我也是！唉！"

有一个每天将键盘敲得啪啪响的男子汉，表示不理解我们这些美少女的烦恼，好心来安慰我们……

叉妹："哎呀，写稿子这件事其实很容易的，你看这些……那些……都可以写啊！"

我（忧郁）："叉妹，你可能是比我俩小，所以表达欲才这么强烈。"

皇后（深沉）："是啊，等你到了我们这个年纪就知道了。"

叉妹："嗯……嗯？"

我："哈？？我们这个年纪？？？"

皇后！谁跟你"这个年纪"！我还是小仙女，我们仙女永远十八岁！

叉妹："哈哈哈哈哈！"

皇后（后知后觉）：“啊啊啊，我就顺嘴接了！我也才十六岁呢！”

我 & 叉妹：“……皇后，你出去好吗？”

02 编辑生活很清苦

编辑生活有多清苦呢？前两天我跟皇后饿成鬼，趁叉妹不在，两个人悄悄分食了她放了一年的泡面——干吃的。

我觉得很心酸，问皇后：“我们俩是不是太寒碜了？堂堂一介仙女，沦落到干吃泡面……呸！好难吃！”

皇后：“可是饿啊！你别挑剔……呸，真的太难吃了吧！”

我默默无言，坚强地又掰了一把面吞了下去。

鉴于味道实在是愧对自己的味蕾，我们俩吃了半包实在忍不下去，收手了，又悄悄放回了叉妹的桌上。（叉妹：哈？？）

第二天下午，我又饿了……抓心挠肝，实在无心工作啊！我想到了昨天那剩下的半包泡面，嗯……难吃算什么呢？保命最重要！于是我伸出了手……

然后我看见，皇后的手正抓着一把碎面，偷偷地从泡面袋子里收回来……

我们俩一对眼，不约而同地发出了尴尬的笑声……

03 烤肉日记

3 月 5 日，星期日，雨。

晚上，一个美丽的我裹着毯子瘫在沙发上，突然很想吃烧烤——虽然肚子很饱，可是架不住馋啊！

于是，我在微信群里朝住在几百米开外的皇后和叉妹喊：“来我家这边吃烧烤吗？”

住在一起的叉妹和皇后马上回答了我：“下雨了！不想出门！”

我（不理解）：“淋点雨有关系？反正你们没洗头！”

大家：“……”（被我说中了！）

于是，叉妹和皇后很生气，觉得我破坏了她们的仙女形象，不肯理我。

没有办法，我只得善良地、温柔地、贴心地在群里发了大概八十页的烧烤图片……

叉妹：“张！美！丽！”

我：“做什么？我只是给你们看一下！”

叉妹（挣扎）：“你不要怂恿我们，毕竟我们也没吃晚饭！”

这时候，我敏锐地捕捉到了她们动摇的心！立马动之以情晓之以理，从“对自己好一点，想吃就吃不要自我欺骗”到“现在不吃以后老了想吃都吃不到了”，最后放了一个大招……

我：“我帮你们喊车了，马上就要到你们楼下！”

叉妹：“……（无言）那去哪儿吃？”

我：“哈哈哈哈，老地方呀！”

当然我并没有喊车。

其实我只是想单纯地报复一下叉妹的，为平常老骗我的事情。但我万万没想到，我会把自己坑了。三十秒后……

皇后："不去吃××烤肉吗？"

我："？？？现在？"

我看了一下手机，星期日，晚上九点半，目的地在五六公里之外……

叉妹："去吃烤肉吧！不要犹豫！"

我有点慌了："……大家，冷静一下？"

叉妹（激动）："快点！我们叫车了！"

皇后（兴奋）："快点！我们马上来接你！"

我："啊啊啊啊——你们在说什么？你们疯了吗？？"

我："你们回答我！真的来了吗？？明天要上班啊啊啊啊！！！"

皇后（打断）："谁不上班！"

叉妹："我们已经到了！"

我："……"

怎么说呢，那一刻只想跪下求求她们放过我。接着，我就接到了皇后的电话，被抓着上车了……

然后她们又开始诱骗朵爷。

皇后："朵爷不来吗？！"

朵爷："？？？不来，太远了。"

叉妹："不远不远，我们来接你！我们已经接到张美丽了！"

然后就是我哭唧唧的脸。朵爷终于意识到她们不是在开玩笑，裤子都吓尿了！

朵爷："啊啊啊，你们离我远点！！！"

皇后：“我们已经过来了！快到你家附近了！”

朵爷（慌张）：“……皇后你神经了吗！！！”

朵爷：“想死吗叉妹！！你们是不是人！！！”

朵爷：“啊啊啊，张美丽你劝一下！让她们走开！！”

…………

最后，事件以朵爷发了一个红包求放过告终，我仿佛看到了她小心脏上深深的阴影。

在那个下着雨的夜晚，我们仨打了几十块钱的车，顶着大油头，穿着个把月没洗的羽绒服在烤肉店吃到了十二点……从此以后，我再也不在群里怂恿大家了。

张美丽：身为魅丽黄金单身汉，看着读者、作者和客户们恋爱结婚生子二胎，你却依然矗立在单身的圈子里万年不倒，想过这是为什么吗？在夜深人静的时候，有没有深刻地反省过自己，找找原因呢？

丐小亥：除了关系要好的已婚男同事，连公司仓库……同事都跑到我这里来倾诉家庭的磕绊时，我就觉得自己责任重大。如果我都结婚了，那他们还能去哪里找谁掏心窝子说话呢！我不能放弃他们！天将降大任于斯人也，必先让其单身……为了万家幸福，我不怕单身！（求入选感动中国人物！）

新居日记：是时候坦诚相待了！

主持 / 今天也是一条硬汉的叉叉

这是一期令人闻风丧胆的栏目……

在经历了三期毫无底线的“中场休息”之后，我终于把魔爪伸向了自己……有没有很害怕！

毕竟我就是那种传说中……急起来连自己都打的硬汉！

最近大家都忙得焦头烂额，在这种空隙中，夏沅和琴子还时不时地呼唤我拿个顶、劈个叉什么的……能不能好好工作！

自从我们仨住在一起后，她们俩就变成两步三倒的柔弱少女，每天都在房间里做作地叫我：“叉妹，给我拿个那什么什么嘛！”

……叉妹，忍够了！

是时候给读者老爷们揭露室友们的恶行了！

01 我怎么就控制不住我的手呢？

搬新家有段日子了，夏沅和叉妹每天都热情高涨。

叉妹发送朋友圈：“今天装了一个鞋柜，呵呵。”

夏沅发送朋友圈：“今天装了一张书桌，呵呵。”

叉妹发送朋友圈：“今天装了一张滑轮椅，呵……”

琴子每天活在装修的硝烟之中。

琴子：“大家……听我说一句话……”

叉妹：“我觉得我们可以去公司开个安装业务诶，一个桌腿儿五毛，不议价……”（琴子：大家……）

夏沅：“是哦，只接受送货上门，不包邮哦亲。”（琴子：有人听得到我说话吗……）

叉妹 & 夏沅：“噢嚯嚯嚯嚯嚯。”

琴子：“……”

一周后。

叉妹发送朋友圈：“新买的烤箱！耶！”

夏沅发送朋友圈：“新贴的墙纸！耶！”

叉妹发送朋友圈：“还会发夜光哦！耶！”

朵爷：“……够了！！房东知道你们要住一辈子这件事吗！”

琴子：“夏沅、叉妹，我只是想告诉你们，墙纸贴反了……”

…………

琴子！我们贴了四个小时呢！！

从此琴子再也没见过我们的朋友圈。（心疼）

02 你要时刻记住你是个“汉子”！

最近夏沅多了一个口头禅：“没事，有叉妹！”

琴子：“浴霸坏了……”

夏沅：“没事，有叉妹！”

琴子：“罐头打不开……”

夏沅：“没事，有叉妹！”

琴子：“啊，有车！”

夏沅：“没事，躲叉妹背后！”

我：“……”

这晚又是一个月黑风高夜，小区停电了，琴子和夏沅抱在一起瑟瑟发抖。

忽然，门外传来一声巨响！

夏沅：“天啦，是不是有人窥伺我的美貌跟了过来(朵爷：……)……叉妹快来！”

……够了！我还是个孩子啊！

一个比萨外卖而已，你们就别演啦！！

胆小鬼特辑：
中场休息什么的好可怕呀！

主持 /
编辑部的伪顶梁柱叉叉

在翻阅这期栏目之前，我不得不提醒各位读者老爷……大家都准备好爱护（嘲讽）这群胆小鬼了吗！

这个世界上有爱哭鼻子鬼……有幼稚鬼……也有胆小鬼！

张美丽空长了一张坚强的脸（张美丽：……），连菜青虫都怕！

琴子每回做饭，就在厨房里嗷嗷大叫！

最近，我偷偷摸摸回了趟老家，夏沅就开始在群里鬼哭狼嚎："叉妹！你快回来啊！你不在家，感觉没个'汉子'，好不安全啊！"

够了！你们这群胆小鬼！

快让读者老爷们带你们面对世界吧！

01 琴子的厨房里到底有什么？

约定聚餐的日子到了，朵爷和张美丽闪闪发亮地出现在了琴子的家门口。

夏沅忙活着搬出了超丑的（琴子：……别这样！）奶油蛋糕，叉妹二话没说就开始拿大顶、丢手绢（这些都没有）招待贵客，琴子作为公认长得最贤惠的，拿着锅铲吭哧吭哧就进了厨房。

朵爷：“……什么味儿！”

等大家冲进了厨房，就看见琴子闭着眼睛隔空炒菜，时不时来两个踢踏步，嘴里还叨叨着：“电磁炉真的好可怕！”

夏沅：“……琴！子！你是在打乒乓球吗！”

…………

朵爷表示这是最后一次聚餐。

02 是朋友就送我回家！

夏沅住的小区隔音很差，每天晚上都能听到窗外悠悠的二胡声如泣如诉。

这天夜深了，传闻中的二胡声再次响起，吓坏了躲在被窝里瑟瑟发抖看恐怖片的夏沅。（能不能坚强一点！）

夏沅：“叉妹！你在干吗啊？！我一个人好害怕！”

叉妹：“……要不，你来我这儿看？”

夏沅看了眼窗外的树影，一撇嘴："我要电热毯！"

叉妹："……有！"

夏沅："你陪我看！"

叉妹："……行吧。"

夏沅："那看完……你得送我回来！"

你得送我回来！

得送我回来！

送我回来！

…………

够了！我们俩房间隔了有一米吗！

让琴子陪你一起去瑟瑟发抖吧！

03 绝对不是因为害怕才走的！

这一期的结束语，本叉想煽情一回。

胆小鬼们……不要怕！

看看空有一张坚强脸的张美丽！

看看和电磁炉打乒乓球的琴子！

看看胆小如鼠的夏沅！

再看看美丽（夏沅：呸！）坚强的我……世界上有什么可怕的！

朵爷？哈哈哈，我才不怕朵……那个你们聊着，我先走了！

主持 / 勇于揭露一切的耿直叉

皇后特辑：编辑部大魔王夏沅的一天

从夏沅第一次露面开始……每次收到读者调查表就像收到夏皇后的人气调查表一般！（BOSS：大胆！）大家都争先恐后地想给夏皇后写信，寄过来的投稿有一捆杂志那么厚哦！（朵爷：又夸张！）作为夏皇后的受害者之一，我好想采访一下善良淳朴的大家：“你们就不怕被夏沅藏稿子吗……今天我就要在这里揭露她的本性！”

夏沅：“谁比谁套路深，谁把谁当真……你来呀来呀！”

01 编辑部鬼故事

最近编辑部发生了一个可怕的鬼故事……叉妹只要一打开 Word 看稿，电脑就会自动关机！（好可怕！）

坐在隔壁的张美丽一如既往地在和美编互相伤害……斜对面的琴子也埋在一堆来信里，叉妹坐在自己的位置上，一脸懵懂。

这样开机关机几回后……叉妹真的怕了，她颤颤巍巍地开机，打开 Word 文档……

啪！电脑又关机了！

好可怕啊！公司是不是有偷人美貌（朵爷：……）的鬼呀！妈妈我要回家！

叉妹哭着（并没有）从主机边上抬起头……就看见对面夏沅的小白鞋在空中晃啊晃，时不时触碰到她的主机……

天啦！夏皇后又搞小动作！（夏沅：你听我解释！）

从此夏沅大魔王的名号再一次传遍了编辑部……

02 人生已经如此艰难

每个月的月底，编辑部就会火花四溅……甚至有那么几天，朵爷都会躲着夏沅的目光飘过我们的办公桌……

自从夏沅骗朵爷来不及了被朵爷识破之后，她们之间的战争就越演越烈。

夏沅：“今天的朵爷看稿子了吗？明天要送校对了哦！”

朵爷：“没有哦，才不是明天送校对。”

夏沅：“……今天的朵爷交专栏了吗？真的要下厂了！”

朵爷：“你骗人，不信哦。”

刚刚夏沅又气势汹汹地跑去了朵爷的办公桌前催稿，只看见朵爷吐气如兰：

“啊，《时光隔山海》的封面定了吗？”

夏沅：“……”

啊，大魔王的成长道路，任重道远，任重道远……

03 偶尔也要感性一下的！

样刊来啦！大家纷纷翻阅了起来，我偷偷摸摸翻到朵爷这一期的“值班日志”，看到她写那些我们嚎着要吃小龙虾的岁月，还有最后那句别扭的：“唯一让我们不同的，就是遇见别人没有遇见的。嗯，说你们啦。”心间忽然淌过一阵暖流。

有时候等待也会有惊喜的，对不对？在漫长的岁月里，但愿我们能继续一起在“中场休息”里没心没肺地过着。

糙汉日常：为什么我们没有男朋友

主持 / 今天也是糙“汉子”的叉叉

在写这一期栏目的时候，编辑部终于从邮局小哥那儿收到了亲爱的读者们的来信。

信里，大家亲切地写下了“夏沅是不是真的很紧啊”“叉叉能给我翻跟斗吗”等问候，张美丽这个唯一逃脱虎口的文艺妹子嘻嘻嘻地对我们表示了不屑……你别笑了！再笑就不文艺了！

趁着朵爷没瞄我的文档，本期“中场休息”我决定扛笔上阵，赶紧地给我们几个妙龄少女（朵爷：……看不下去了）加个戏！

正处双十年华的花季（琴子：……）少女为何个个都是单身狗？我们才不是糙汉，是小！公！主！

下面由激动到要背过气儿的叉叉给大家带来报道——

01 永远的话题终结者琴子

春天到了，大家脱单的心又开始蠢蠢欲动了起来。

这一天，编辑部的几个妹子出去聚餐，聊到母胎单身的问题……只流下一行清泪。

没有男朋友什么的，怎么看都是大学的错！

夏沅："我大学的时候，周围都是艺术系的……宝宝心里苦！让我先上天台！"

叉妹："你大学周围有卫校吗……有师范院校吗……有传媒学院吗……让我先！"

张美丽："你大学班级里有男生吗……超过个位数吗……我没有！我先！就是我先！"

一道圣光（路灯）照下来，大家眼含热泪……集体望向琴子。

琴子："我是女大的。"

我是女大的。女大。女……

……哦。

让琴子先上！！

02 没有男朋友都得怪叉妹！

最近叉妹忽然成了编辑部的公敌。

这天下班，叉妹和夏沅在前台旁边打卡，聊起了叉妹买的零食快递……

叉妹（深情脸）：“快递到啦，回家就可以吃啦！”
夏沅（委屈脸）：“啊，可以啊，不过我更喜欢吃蒜香味的。”
叉妹（深情脸）：“没有关系呀，我买的就是蒜香味的。”
夏沅（惊喜脸）：“真的呀，为什么你买了蒜香味的呀？”
叉妹（深情脸）：“因为你喜欢吃蒜香味呀……”
琴子：“……”
前台：“……”
前台：“咿！够了！我为什么要听这些？！”
（朵爷：这是一段有味道的对话……）

03 绝对不是为了求情才写的……

眼看就要夏天了，虽然大家还是没有男朋友，但是有读者的爱和支持……就够了！

“叉妹，这里有读者给我们写的信，说希望我们早日找到另一半……”

感人！

希望下一次收到大家来信的时候，不要再问我们有多老了……

糙汉日常：你这样很容易失去我

主持 /
越来越粗糙的叉

最近走在公司的走廊上，都会有其他组的人拦住我：“大兄弟！你们还好不！要不要跟 BOSS 去爬个山！”……你们以前不是这样的！那个热情地想给我们介绍对象的好同事呢！（糙汉气质已经深入人心）……现在大家对我们的夸赞已经变成“今天很像女生”……明明连我都开始打太阳伞了！唉，做女生真是太难了，太难……

01 我还是个宝宝啊！

最近长沙的天气又进入了随便模式，娇弱的［张美丽：Excuse me（对不起）？］叉叉得了重感冒，每天都在办公室里带着重重的鼻音唱：“是我鼻子犯的罪……阿嚏。”一边唱一边随手用了张美丽两抽餐巾纸，垃圾桶里都是叉妹来过的痕迹……

都这样了……夏沅和琴子也没有放过叉妹！

夏沅：“叉妹，今天下班去吃烧烤吧！”

叉妹：“……我感冒呢！而且琴子不会答应的！”

夏沅：“就是琴子提议的！”

叉妹：“……琴子你变了！你不再是当初的你了！”

夏沅：“哎呀，你想想，也许你吃了烧烤，明天就好了呢？”

叉妹：“……她说得好对，一时之间竟无法反驳。”

叉妹被夏沅和琴子硬拖着往烧烤摊走的时候，一边走一边哭喊……

……人性呢！

我还是个宝宝啊……

02 一言不合就欺负张美丽

最近大家对张美丽真是越来越不温柔了……

张美丽：“‘小美好’呢！大家互动怎么还不交！叉……”

叉妹：“你互动写了吗？”

张美丽：“……没有，但是是这样的，我……”

琴子：“专栏催到了吗？”

张美丽：“……没有，但是是这样的，我……”

夏沅：“‘值班日志’写了吗？”

张美丽：“……不是，那个，我……你们这样很容易失去我的！”

刚巧路过的朵爷顺势加入：“互动互动没写，专栏专栏没催到！你好意思吗！”

……哇！张美丽崩溃地瘫在座位上。我要回家，回家……

03 绝对不是为了告状才写的！

刚刚我们集资买的零食到了，前一秒还在友爱互助的大家……忽然像饿狼扑食一样争抢了起来。

像我这么平和善良的人，是绝对不会和读者告状张美丽抢走了我喜欢吃的火腿肠这件事情的。

唉，比起软妹，还是糙汉更有竞争力！

像我们的张美丽同学，虽然平常总标榜自己是一个柔弱女子（夏沅：……），每次都做作地让我帮忙开瓶盖，但是关键时刻，一点零食都不会落下！

这才是真正的糙汉精神！相信我们的糙汉日常，永远不会结束……

糙汉日常：儿童节和情人节都要过！

主持／脑袋里只有球赛和游戏的"直男"叉

"六一"儿童节来了，叉妹先拖家（朵爷）带口（夏沅、琴子和张美丽）给亲爱的读者们送来祝福！！

眼看春天已经悄然过去留下小秘密……之前叫嚷着要过情人节的大家又死皮赖脸地过起了儿童节，看着这一切，本叉只能笑笑……身为花火B组最男子力的少女（琴子：我拒绝！）编辑！无论是儿童节还是情人节！都不会放在眼里！！

觉悟吧！你们这群愚蠢的人类……糙汉怎么了？糙汉也有情，糙汉也有爱！只要遇对了编（叉）辑（叉），情人节每天都过……

下面就进入我们今天的"中场休息"——

01 多一点真诚 少一点套路

夏天来啦！长沙这么随便的气温，春天的时候就分分钟25℃上下，热得北方妹子夏沅又想申请回河南嫁人永远不回头了。（夏沅：宝宝心里苦，宝宝偏要到处说！）

于是，大家纷纷开始借助小道具驱热，什么信封啊……档案袋啊……能扇一下是一下。

然而叉妹最是过分……不仅一伸手就从文件夹里拿出清凉油等蚊虫叮咬必备物，最后，干脆拿出了……一把扇！子！看着叉妹手里那把硕大的扇子……坐在隔壁的张美丽内心是崩溃的……

叉妹（深情脸）："美丽不怕！有我！"

然后叉妹一边给张美丽扇风……一边冲着眼含热泪的张美丽温柔地说道："美丽，'叉妹给张美丽扇风'，打一个书名。"

张美丽一愣。

张美丽："爱你时……有风？"

朵爷："……"

琴子："……"

夏沅："你们俩可以出去了，左拐单身动物保护协会要请你们喝杯茶……"

02 友谊的小船说翻就翻！

夏天要来了，夏沅的电脑也要报废了……

由于这台电脑特别过分……打个字半分钟都显示不出来，于是夏沅终于忍不了了，趁着周末拉上叉妹陪她去买电脑。

买完电脑的时候已经天黑了，夏沅想回家点外卖，叉妹想去吃点好吃的再走回去，于是两人就吵了起来。

夏沅："太累了，我们回去点个外卖吧！"

叉妹（严肃脸）："就是因为累，所以要吃好点，你看看你瘦得。"

夏沅一愣："……不是，去吃东西的话等会儿还要提着这台电脑，好重的。"

叉妹（严肃脸）："我提啊。"

夏沅又愣住了："可是，那个……"

叉妹（严肃脸）："不然我是来干吗的？"

夏沅站在原地，一脸懵懂，她的脑袋里只有一行大字来回滚动——

……哇！

以后有叉妹在身边，我怎么嫁得出去……

03 霸道总裁叉的小剧场……

每天都过的情人节过完了，我要去过我的儿童节了……说到这里，我打开我的游戏……

"叉妹！来一下！"

……这群人干吗！我打游戏呢！

"就知道打游戏！去和你的游戏过吧！"

啊，又开始了，女人。

主持 /
朵爷

我们要辟谣!

啊，“中场休息”有史以来最隆重的一期终于到来了。

首先声明：这期“中场休息”出镜的人员有些奇怪，如果这些人大家实在不认识……也无所谓啦，因为我们并不打算捧红他们!

毕竟再怎么用力捧，也不能红过主持人……

（张美丽：朵爷，矜持！）

01 官群1730事件

因为这件事发生在临近下班（五点半之前），于是我们称它为1730事件!

地点在公司的QQ群里，要知道这个群我平常都是屏蔽的，毕竟里面的人都没有我美，没什么好打交道的……（BOSS：你再说一遍？？）

当我收到风声群里有大动作的时候，我第一时间打开了群，开始起哄！

以下是案发现场——

当事人A：蒋经理（公司营销经理），男，30岁，长相一般。

辟谣事件：我没拉闸！

蒋经理：各位同事！我需要辟谣！有人造谣今天上午公司停电，是因为我想翘班去吃火锅！所以把电闸关了！刚才BOSS有意无意地问我“最近是不是食欲不太好”……但是，天地良心！那不是我干的，工资还没发我根本没有钱去吃火锅！

朵爷：Really（真的）？？难怪我上午收到你发来的一条奇怪的消息“你信不信我有magic（魔力），让今天大家都放假”……

蒋经理：你可以不要黑我吗？以我的智商，我连“magic”是什么意思都不知道！

当事人B：莫默（魅丽文化图书主编），男，30岁，披肩长发，人称魅丽高晓松。

辟谣事件：我、我和BOSS没关系！

莫默：我也需要声明！最近天天有同事来私信我“莫老师，今天BOSS心情怎么样”“莫老师，你最近介绍了BOSS买哪一支股票”“天啊，BOSS最近是不是赚疯了”……我要说的是，大家不要问我啦！我并不是传说中“BOSS的理财小王子”！也不要跟着我买基金啦！上次有一个同事亏了50块钱找我哭了一宿……求大家放过我。

朵爷：不得不说你太伤害人了，亏了五十呢！都可以买两本打折的《时光隔山海》了好吗！

当事人C：丐小亥（《花火影像》编辑），男，30岁，一天胖过一天……

辟谣事件：谁说我胖？？

丐小亥：你们这都不算什么，最近公司有些鬼崽子跑过来跟我们组员起哄“啊呀，你们《萤火》停刊了呀，那你们组长以后应该会更胖了吧，毕竟又少了一份压力……”Excuse me??我胖？我很仙的好不好？总有一些小瘦子(朵爷：你说谁？）嫉妒我丰满而美好的外在！而且，我告诉你们，《萤火》只是升级成更高级的《花火影像》！你们都给我去买一本！不过最近压力是小了蛮多呢，毕竟，我们组的项目太好卖了，天天加印……

（这个晒加印的有点让人嫉妒，于是发完三分钟并没人理他……也是心疼……不过，谁没加印的哦，我们只是低调……）

当事人D：朵爷（《花火》B版主编），比楼上各位都嫩的少女！

辟谣事件：并不是无人驾驶！

朵爷：昨天，我借了朋友的车开了开。在公司楼下的时候，我刚起步，就听到爱丽丝在外面尖叫“天啊，你们看那辆车子自己在动呢！”……我的妈！是不是瞎呀！我可是有这么高！紧接着，我看到爱丽丝奔过来，“哇，原来是朵爷啊，原来你这么矮也可以开车啊，那我也不用担心啦，啊哈哈哈哈……”我正想下车把她打一顿的时候，爱丽丝旁边有一个女编辑都看不下去了，很严肃地跟爱丽丝这个一米四几的矮子说“你算了吧，朵爷比你高多了”……天啊！群众的眼睛是雪亮的好不好！女编辑，你真是太棒了！

张美丽：朵爷，你是不是连女编辑叫什么都不知道……

朵爷：我、我就知道她比爱丽丝美！

爱丽丝：朵爷，虽然我矮，但是我的高跟鞋都比你人高好不好……

02 我们按摩去啦！

上周，小组的同事们一起团购了按摩券，下完班一起去按摩……

我、美丽、夏沅、叉妹，四个人乖乖地躺到了按摩床上……开始任按摩师们宰割。

过了一小会儿，我听到叉妹开始痛苦地呻吟：哇！痛痛痛痛痛痛痛！

按摩师：“我还没下手呢！”

叉妹：“可是我感觉到了你有杀气的掌风！”

按摩师：“……”（想一掌劈死叉妹。）

紧接着，夏沅同学像只小母鸡一样咯咯咯地笑了起来……令人毛骨悚然！

按摩师：“？？？”

夏沅：“我……我痒，啊哈哈哈哈哈哈——啊！啊哈哈哈哈哈……啊求求你别按腰了！”

按摩师："哦那好吧。"（开始按腿）

夏沅："哦——哦嚯嚯嚯嚯嚯嚯……痒死我啦，腿也别按好不好……哎哟！"

按摩师（有点不开心）："哦好吧。"（开始按手）

夏沅："嘻嘻嘻——嘿嘿嘿嘿——哦嚯嚯嚯……"

按摩师（完全生气）："按个手你也痒啊！"

于是，按摩师只好给夏沅按了一个小时的头部。

按完后，夏沅开始生气："妈哟！我的妆全被按没了！"

整个按摩过程我一直很坚强。我觉得不管怎么样都要装出一副有威严的样子。

其他按摩师："哇，×姐（就是我的按摩师），你按的那个好厉害哦，一声不吭。"

×姐："不痛？力度不够吗？不够我再加点儿？"

我（坚强）："嗯……"

×姐加大了指力："可还行？"

我（咬着枕头）："还可以。"

×姐使出了洪荒之力："哇，厉害了小姑娘！"

我："过……过……奖了。"

时间一分一秒过去，我们终于坚强地撑住了全场，拖着残躯准备出按摩室的时候，感觉哪里不太对……

咦，张美丽呢？怎么刚才也一直没有出镜呢？

于是大家找遍了屋子里的每一个角落（浮夸！），叉妹突然一声尖叫："哇！美丽还在睡！"

我们三个哼唧痛苦了一小时的人，面对着这样岁月静好在按摩过程中睡着的美丽，感觉身心受到了重创……

醒来的张美丽："咦？按完了？"

我们："嗯。"

张美丽："都按了哪儿哦？我咋都没一点感觉呢？"

我们："因为你睡着了。"

张美丽："我昨晚打游戏打到三点。"

我们："你厉害。"

张美丽（不高兴）："唉，我觉得好划不来哦。"

我们（更不高兴）："怪谁呢。"

03 一个女司机的自我反省

有一天晚上吃完饭，我说要载大家回去！刚开始开车上班的我，瘾很大！

大家激动："哇，朵爷进步好快！"

我："嗯，等下珊珊（夏沅）坐我旁边！因为我还不是很会眼观六路！"

大家有点慌："……"

夏沅："为什么是我？！"

我："因为只有你有驾照！"

地下车库。

我："妈哟，我不记得车停在哪里了。"

大家："……朵爷，这里有 ABCDEFG 七个区！"

我："一起找！我就记得我停在一辆白色车子旁边！"

大家："这里有一万辆白色的车！"

大家（又问）："万一人家开走了呢！"

大家（偷偷地窃窃私语）："我们走路回去吧。"

我："想都别想！"

找了半小时，终于找到啦。上了车，大家秒速地系上了安全带上路。

我："咦，完了，我怎么一点都看不见？！"

我："天啊！珊珊、珊珊，你看看前面是红灯吗？？"

我："珊珊啊！你快看看地上有线吗？我怎么一条线都看不到呢？"

我："珊珊！！你那边有电动车吗！快看一眼我要过去了！"

我："珊珊！！！！你听到了吗！！！"

我着急地回头看了一眼瑟瑟发抖的大家。

大家尖叫："朵爷，你看前面！！！"

终于有惊无险地把大家送到路边之后，我又颤颤巍巍地摸瞎回到了家……

到家之后，我反省了很久很久，然后给大家群发了一条消息——

"原来刚才我一直没有开车灯，难怪感觉自己什么都看不见呢。"

可怕。

我们是——丧心病狂的小伙伴！

主持 / 张美丽

啊！春天要过完了，装温柔装了一整个春天的我们，依然没有找到男朋友，好生气哦！为了迎接狂放热烈的夏天，我们组的组员最近渐渐卸掉伪装放飞自我，开启了“丧病”模式……

01 他们无家可归

哈哈哈，在写这段互动前，先让我笑一下，哈哈哈哈哈……

是这样，我刚刚拿到了《花火》4B的样刊，封面好漂亮哟，看得人心里美滋滋！然后我翻开了第一页，看到了“小美好”栏目的标题叫——我们置业了！

里面描述了大脸锅、胖子亥、夏皇后三个人信誓旦旦要买房，叉妹也在打新房的主意。在栏目的最后，叉妹羞辱我“希望张美丽看到这一期栏目后，也会醍醐灌顶”！

我知道，她其实是想表达：你能不能反省一下！为什么我们都开始买房了，你还在奋斗买电脑？！（啊，我已经放弃买电脑了。）

但是现在，我跟你们说……哈哈哈，再让我笑一下……因为长沙限购政策出台，这几个人的买房计划也都跟我的买电脑计划一样，通通泡汤啦！

置业顾问打电话过来通知的时候，皇后已经逼着我们看完了八十种装修风格，丐小亥挑好了贴在新房门口的对联，小锅干脆连乔迁宴当天的菜式都想好了，结果真是万万没想到，都买不成了！

消沉了一阵后，小锅和皇后不死心，依然要做垂死挣扎。

置业顾问：“怎么还不过来！把订金退给你们！”

锅 & 夏：“不！我们不要钱！我们就要房！”

置业顾问：“买不了了，你们两个外地人为什么要赖在长沙！”

锅 & 夏：“我们马上就找个长沙大哥嫁了！你把房给我们！”

（我：骗谁呢，两个万年单身汉。）

置业顾问：“……”

只有丐小亥，一个人冷静地把钱拿回来，投放到了吃上。于是最近，每天凌晨我都能在微博上看到他发吃的……那些深夜长出来的肉，都是买不了房的悲伤吧。

啊，真是一个听者伤心、闻者流泪的故事。

从此以后，我们每回路过他们仨看好的那个楼盘，都要悲悯地拍下照片发到群里——

看，你们的房。

（锅、丐、夏：……闭嘴！）

02 怎么可以吃兔兔!

上次去成都出差，我和朵爷兴冲冲地买了四十个特产……兔头回来……

在飞机上朵爷就开始哇哇大叫：“啊啊啊啊——怎么办，我不敢吃？！”

我一脸问号：“那这些兔头……”

朵爷：“逼叉妹和皇后吃给我看！”

我：“……”

机舱外飘着小团小团的云，此刻就像一只只白白小小的兔子，令人垂涎（朵爷：是垂怜！）。

得知我要带兔头来上班，第二天一大早，皇后和叉妹从我一进门就盯着我看。

皇后：“你……是不是忘了什么东西？”

我：“……（生气！）不就是兔头吗！我带了！你敢吃吗！”

我把兔头啪地就摔在了皇后的桌上，用行动表示了我的嚣张——连甲鱼都不敢吃的皇后，要是有胆这么爽快地吃兔兔，我就把花火B组第一美的称号让给她！（大家：你的脸呢？）

搁往常，这时候皇后就要拿催稿来压我了。但是今天，她怂了！

皇后：“这是什么……啊啊啊啊啊，好可怕！！”

我：“（？？？）兔头啊。”

皇后：“天啊！！为什么它是完整的一个头啊啊啊！！！”

我：“……不然呢？”

皇后：“我以为它是碎的啊啊啊啊，这谁敢吃啊！！！（扭头）叉、叉妹，我们别吃了吧！”

我：“……”

叉妹已经两眼放光了。

叉妹：“可是兔兔看起来有点好吃是怎么回事？”

说起叉妹，她是一个嘴上说着不要身体却很诚实的“汉子”。上回我发现了一家巨好吃的小甲鱼店，热情地邀请大家去吃。但所有人看过了小甲鱼那高昂的脖子、灼人的眼神之后，纷纷退却，开始羞辱我丧心病狂。只有叉妹，一边说着害怕想装软妹，一边悄悄地加入了我的吃甲鱼队伍。

后来我常常抓到叉妹背着我，偷偷点小甲鱼外卖，甚至热情地对我发出邀请：“改天我们去吃小蛇蛇吧！”

你们港（讲），这个人做作不做作！

叉妹已经朝着兔头伸出了手，却被皇后一把拽住。

皇后：“啊啊啊啊啊啊！叉妹你看这里！这里！这个洞是不是兔兔的眼睛！”

叉妹：“是吧，好吓人哦。（叉妹又试图把手伸出去）不过等下吃是不是不新鲜了？”

皇后：“（摁住了叉妹的手）你怎么可以吃兔兔？！我们……我们等朵爷来了再商量好不好？”

我：“……（叉妹，皇后是不是戏瘾太重了？）”

叉妹：“……（我能怎么办，我也很无奈啊！）”

后来朵爷来了。

皇后迈着小碎步，抹着眼泪奔了过去，在朵爷面前哼哼唧唧。没一会儿，就传来了朵爷的惨叫："啊啊啊啊啊啊——我看到了兔子的眼睫毛！！！这是不是眼睫毛啊啊啊啊——皇后你想死吗！！！快把它拿开啊啊啊啊啊啊！！！"

皇后："我也不敢啊啊啊啊啊啊——"

我和叉妹站得老远，冷漠地抱臂观望。

我："你觉得是朵爷先吃，还是皇后先吃？"

叉妹："朵爷吧，毕竟江湖外号'爷'不是白来的！"

我："我猜皇后，毕竟皇后催起稿来不是人，朵爷都要抖三抖。"

叉妹："嗯，有道理。"

后来呢？后来叉妹吃完了四个兔头，朵爷和皇后才做好第八百次的心理建设，在彼此的尖叫声和我们的指导声中，颤抖着下了嘴。

我问皇后："兔兔好吃吧？"

皇后："好吃！"

我："兔兔哪里最好吃？"

皇后："脑子！"

大家："……"

唉，皇后已经不是以前那个纯良的皇后了。至于朵爷……

朵爷："小明！命令你！把这个兔头吃下去！"

小明（我们组的新人妹子）："我不吃兔兔的。"

朵爷："你是不是不想过试用期了！不合群！开除！"

小明："……"

小明可能也没想到，自己当初心心念念加入的编辑部，会是这么一个画风奇特的地方。希望小明能坚强，我祝福她。

叉妹：在你们的职业生涯中，最让你潸然泪下……难以忘怀……甚至慌张到要掉头发的事是什么？有没有发生过什么让你印象最深刻的事情！

小锅：几年前，公司还在大塘村，每天一到饭点，大家都像饿了八天的野马一样抱着饭盆、挥着勺子就往八百米外的食堂冲。那次我穿了高跟鞋，提心吊胆地跑着跑着，结果刚好在食堂大门口摔了个狗吃屎。从此，再也不去食堂吃饭了（屈辱）——我就是这么变瘦的！

夏沅：你知道朵爷欺负组员的事吗？！有一次杂志要下印厂，朵爷拖稿怎么都不交专栏，甚至还萌生了要在专栏那一页放满自己美照的想法……但是朵爷，杂志内页是黑白的，这样真的合适吗？！

我们今天怎么不开心

主持 / 张美丽

这两天我们组的气氛有点沉重，大家集体受到了接二连三的打击，开心不起来。叉妹杂技也不耍了，皇后稿也不催了（所以我到现在才写“中场休息”哈哈哈），连朵爷都不拖稿了！没了朵爷垫底，这期变成我的互动和值班日志最后交，于是我也不开心了，哼。

01 关于贫穷的反思

可怕的情人节来了！我们组不要太惨！其他组的同事纷纷收到对象的礼物，我们几个却连对象都没有……

朵爷有点看不下去，给我、夏沅跟叉妹一人发了一个红包。大家怀着对组长的爱，颤抖着点开红包一看——哦，11.11元。谢！谢！你！哦！组长！呵呵，感觉大家收到钱也并不是很开心呢。

算了，虽然没有情人的礼物收，但是我们可以自己给自己买不是！我们仨开心地溜到了隔壁商场，打算吃完肉后自己给自己挑一份礼物。下一秒，手机短信提示音响了。

叉妹：“发工资了，发工资了！”

我：“哇！真的吗？我看一下……”

夏沅：“……”

短信里写着这个月我们组都拿底薪。

大家：“……”

互相对视一眼后，我们默默收回了踏进西餐厅的一只脚，相互搀扶着出现在了街拐角七块钱一碗的凉皮店里，食不知味……大家抱头痛哭，分析起了“为什么我们这么穷”这个哲学命题。

夏沅：“我觉得咱们的花销太大了，天天下馆子！”

我：“下完馆子还要去喝咖啡！讲真，我这半年喝的咖啡比我前二十多年的总和都多……”

叉叉：“我以前还是一个穿七块九包邮打底裤的勤俭持家的人！我们这都是被谁带坏的！”

大家：“……（沉思了一会儿）……朵……朵爷吧？”

然后我们每个人都掰着手指头回顾了一下朵爷的日常——

朵爷（早上）：“饿！叉妹，我们是不是该集资买零食吃了？”

朵爷（中午）：“公司的饭又这么油，不想吃！出去吃呀！张美丽你又不去，不合群！开除！”

朵爷（下午）：“皇后快关电脑！大家去星巴克坐一下，商量我们的发财大计！”

嗯……

沉默过后，大家紧摸着自己的良心立志：即便被威胁开除，也要拒绝朵爷这个败家子的蛊惑！！少下馆子少灌咖啡，全心全意赚钱买房、装修、换电脑做励志 Girl！这周六就扛着电脑去咖啡店（……嗯？）写稿子！

朵爷：“……我恨你们！”

02 今天也不开心！

事情的起因是这样的：一天，小锅悄悄跟朵爷说，附近商场新开了一家味道一级棒的湘菜店！于是这天中午，朵爷就带着我们浩浩荡荡一组人杀过去了。我们真傻，真的，光记着小锅说的味道一级棒的湘菜店（画重点），忘记了小锅是个浙江人……

到了店门口后，我们是有些犹豫的。店里有一边挖了坑装满了水，水上浮着一条……可以游湖的船……而店门口的喇叭非常造作地在吼“谈一场不分手的恋爱，吃一道不上火的湘菜……”

大家：“……”

我：“夏沅，让你谈一场不分手的恋爱，你听到了吗？”

夏沅：“哈？那它倒是先给我个对象！”

其实这个时候，我们退出来还是不晚的，但我们认为不能这样对不起小锅！于是毅然坚强地走进去，坐下了！点了些家常菜色后，大家开始抖着腿等上菜，然后眼珠乱转的叉妹发现了不对。

叉妹："这里怎么还有一块牌匾上写着'×江南'？"

朵爷："嗯，装潢也挺江浙一带水乡风格的。"

大家隐隐觉得不太好……

五分钟后，一个一脸朋克的小哥端着一个藤编盘，"chua"地放在我们面前，然后迅速消失不见了。

朵爷很纠结：这啥？我们点了这个吗？

叉妹："好像是……生菜？"

我："这生菜咋跟我们平日吃的不一样啊……我尝尝。"

我："（夹了一筷子放入口中）……这菜好像是生的……（又夹了一筷子）啊啊啊啊……真的是生的啊！！为什么会上一盘生的上来啊啊啊啊！！！"

大家纷纷拿起筷子尝了尝，然后又都默默地放下了……吃到这样一盘生菜，我们也很慌啊！！！

朵爷："……没……事，我们还有牛肉，牛肉很下饭……"

大家给出了一个强颜欢笑。两分钟后，朋克小哥又来了！依然一脸"怀揣音乐梦想的摇滚青年苦于生计无奈委身小饭馆打工没事别惹我"的气质，给我们端上了一个里头只有零星几个辣椒和一锅油的铁盘……

朵爷（内心）："为什么把别人吃剩的盘子端给我们？不开心，想……"

大家（内心）："快！摁住朵爷！"

在我们几个眼神的热烈交流过程中，小哥又放下一盘生牛肉片，然后走了。

大家："嗯？？？？？"

朵爷（更不开心了）："这又是啥！是啥！为什么牛肉也是生的！"

我："朵爷你冷静一下，牛肉是让我们自己煎的！"

夏沅："不应该炒熟端上来配着米饭吃吗？咋还要自己煎，还看着一点都不辣！我们为什么不去吃烤肉？！"

叉妹："夏沅……你一个河南人……在湘菜馆子叫嚣不辣？"

大家（非常生气）："这也配叫湘菜？！！"

这时候，门外喇叭非常不合时宜地响了起来。

喇叭"……吃一道不上火的湘菜。欢迎光临××××时尚湘菜店……"

我："啊呀，原来是'时尚'湘菜啊！可能……蹭个湘菜的名气什么……"

喇叭"……时尚湘菜店，正宗湘菜，长沙人都爱吃……"

大家："……哪个长沙人？打他！"

接下来，我们又等来了装在大"炼丹炉"里的小猪蹄，和味道稀奇古怪的豆腐。总之，没有一道菜是正常的湘菜做法……大家经历了彻底的绝望后，反而重新燃起了希望，把生的生菜倒在了煎牛肉的铁盘里，强行弄熟后扒了两口饭就出来了。

结账路上，我跟叉妹看到服务员端着一盘盘菜走出来，好像很开心。

我："哇，叉妹快看！又有人点了生菜！嘻嘻嘻……他们一定不知道它是生的！"

叉妹："期待看到大家的表情……那一桌点了鱼哈哈哈！我刚看点评网，鱼是全店最难吃的！"

我："嘿嘿嘿……哈哈哈……"

夏沅（严肃）："朵爷，请回去好好'关爱'一下小锅好吗？"

朵爷："已经微信关爱过了！我们放过她，她一个浙江人对湘菜有什么误解也……可以理解……"

后来小锅跟朵爷说，她那天中午喷嚏一直没停……我们都假装没有听到。

叉妹：作为魅丽有名（我觉得）的霉豆腐西施……我想问问作者！如果当初你们没有选择成为一个作家……那么你们会做些什么走上致富道路？

容光：我小时候一直梦想着开一家火锅店，不为别的，就为每天可以免费吃火锅……这个梦想至今藏在我心底深处不为人知的角落。有朝一日我一定要开家火锅店，一边码字一边吃火锅，啊我的肥牛，啊我的毛肚……（夏沅：肥牛？毛肚？所以你的稿子到底什么时候交！）

我们“正经”着呢！

主持 / 张美丽

最近拆读者电子调查表，看到有读者大爷这样评论我们——“B 版的编辑有点疯，哈哈哈！”“B 版的编辑不太正经哦！”大家是不是对我们有误解！我们每期正儿八经地写推荐，正儿八经地看稿子，正儿八经地互相攻击稳固同事情，正儿八经地迟到（？！），为什么要这样说我们！快看我们正经的脸！

01 叉妹不是一个好叉妹

可能是我们长得太美了吧（嘻嘻，不接受反驳），有时候就爱恃美而骄，彼此进行一些很无（智）聊（障）的对话……

我：“叉妹，告诉你一个消息。”

叉妹头也不回：“我不想知道。”

我：“那好吧，我不告诉你啦。”

叉妹看着我，最后还是问出了口：“……是什么？”

我：“你不是不想知道吗？”

叉妹：“我就是这样一个叛逆的人。”

我：“……（这就是我为什么有时候不想理叉妹的原因。）”

我：“好吧，这个消息就是——我的标题过啦哈哈哈哈哈！”

叉妹：“……（这也是叉妹为什么有时候不想理我的原因。）”

后来叉妹就生气了，冲着皇后说要偷偷把我的标题换掉。唉，叉妹不是一个好叉妹，太容易生气了。

02 我们都要脸！

皇后最近有点让人生气。凶就算了，还时常会对别人进行人身攻击！上回杂志样刊到了，我指着某页一张照片问她：“为啥这个作者的照片连脸都看不清哦？”

皇后：“（毫不犹豫）哎呀，作者自己不要脸！”

我：“？？？”

虽然皇后马上惊慌地解释，是“作者自己不要放正脸清晰的照片”的意思，但是谁信！她这就是在嫉妒别人又美又有才华！

这件事已经被我记在小本本上了。下回她敢用藏稿子的手段逼我交互动，我就把这事捅出来！

这件事还没完。

前几天，皇后又强迫我们每个人戴着项圈拍张照，为图书做宣传，但是身上有着偶像包袱的我们表示并不想出镜。

皇后："朵爷你来嘛！"

朵爷："嘻嘻嘻，你让叉妹上，叉妹今天的衣服适合拍照！（偶像包袱怎么了！不洗头我就不能有了？）"

叉妹："哈？不让张美丽照？我也没洗头！"

皇后："那张……"

我："不要不要！我不要自己的胖脸上镜！"

皇后："……"

皇后生气了，露出狰狞面目对着我们吼："大家，不要脸！"

朵爷、叉妹、我：？？？

我们也生气了！

朵爷："（撸袖子）皇后你想死吗？！！"

皇后："你、你们冷静一下听我说！"

皇后："我的意思是可以不要脸上镜，只露个脖子就好了，不是说你们不要脸啊，哈、哈哈哈、哈哈……（干笑）"

皇后："大家，别这样……"

那个下午，皇后留下了惨痛的回忆。

03 小明来了

小明是我们组新来的妹子，每天穿着一身潮人黑，黑衣、黑裤、黑头发，令人害怕，长得倒是高高白白（可能抹了三层粉）。有一天，大家约着出去喝咖啡。我们几个勾肩搭背在前头横着走，像出山的女大王，小明一个人跟在后面，一声不吭。

朵爷突然拉住我们："小明是不是每天都在 Cos（扮演）贞子？"

我、叉妹、皇后："啥？"

朵爷："她每天都穿黑色！还是一个黑长直！"

我们忽然醒悟过来，回过头瞥了一眼。

小明幽幽地望着我们："不是……我是背后灵……"

大家："……"

后来我仔细观察了一下，小明进入公司的两个月里，只有一天穿的是惨白T恤。我很想问小明："小明，你分得清你的每件黑衣服吗？"

但是我不敢。

后来我发现，背后灵小明除了阴郁了一点，人还是很善良的。她每天都会在饭点帮我们把饭拿过来，于是每天中午十二点，大家都会听到一个缥缈的声音响起："……要饭吗？"

我们总是抽搐着脸更正，说："小明，我们吃饭。"但是小明第二天依然会问："要饭吗？"

可能她们背后灵都是这么交流的吧。后来我们就习惯了："要。"

啊，都怪皇后！不仅攻击大家"不要脸"，还带坏了小明。唉，皇后也不是一个好皇后。

04 我恨802！

上个月，我辛辛苦苦加班到智障，终于换来了六天半时间的调休！妈哟，可把我给高兴坏了！但是后来，这个故事的走向就变得悲伤了……

第一天。

朵爷："张美丽迟到啦，哈哈哈！"

第二天。

朵爷："张美丽又迟到了，哈哈哈哈哈！"

第三天。

朵爷："张美丽你今天迟到了吗？"

第四天。

朵爷："大家猜今天张美丽会不会迟到……"

第五天。

朵爷："张美丽！封你'魅丽迟到小天后'给你颁个勋章！"

我，一个如花的仙女，天天一把鼻涕一把泪地跪在朵爷面前忏悔：

今天802路公交车没准时来！

今天802路没停车！

今天802路挤不上去！

哭完，我还得抱着朵爷的大腿不撒手，求她通过我用调休来抵迟到的申请——因为迟到要扣巨款！！！

朵爷很无奈："你知道你的调休被这样抵迟到用掉多少了吗？！"

我："（掰了五分钟手指头）……多少？"

朵爷："四天半了！我都跟你记着！每天因为一两分钟而浪费调休，你的心不痛吗！"

我："痛！呜呜呜呜呜，调了休却还在这里上班，我也很绝望啊！"

为了保住我剩下的两天调休机会，我痛定思痛发了个狠，晚上回家八点就睡第二天五点起！终于，坚持了三天没迟到。但是我没想到，这样也并没有逃过受羞辱的命运……

早上到公司。

皇后 & 叉妹：“今天的张美丽迟到了吗？”
我：“嘻嘻，没有哦！”
皇后：“无趣，都没有那种兴奋的感觉了呢！”
叉妹：“是呀，想和她绝交了呢！”
我：“哈？？？”

催丐小亥交互动。
我：“快来，交专栏了。”
丐小亥：“听说你这两天没迟到了？了不起！”
我：“……（这和你交互动有关系吗？！）”

在电梯里碰到小仙女锅。
我：“锅！”
小锅：“咦，你今天没迟到耶！”
我：“？？？我昨天也……”
小锅（兴高采烈地打断）：“哇，我终于也有机会对你说这句话了！”
我：“……”

唉，迟到小天后，也不是那么好当的。看到大家这么不习惯准时到的我，我也不是很忍心。于是今早，本仙女又迟到了。

呵呵……我恨 802！

小黑屋

朵爷：丐胖在我们的圈子里可是号称“益阳泡菜小王子”！请告诉我！你在家乡吃过最好吃的东西是什么！长什么样！我童年吃过最好吃的是红薯片片，冬天的时候，把红薯和南瓜煮了，搅成泥，放入八角、桂皮等香料，再放入去核煮熟的酸枣泥，摊成薄饼，晒在屋顶上……哇美味！我每天都爬到屋顶上看三回它是不是干了，顺便抠一点点吃……到干的时候已经没多少了……

丐小亥：有种长在树上的果实长得像扭过的葫芦，特别丑……但真的很甜。每回放学后我们都会用竹竿扑打一点下来，坐在草地上一边吃着这种甜果儿，一边机警地观察这棵树的主人会不会突然出现……还有我老妈做的坛子鱼、腊肉、酱辣椒米粉、甜酒……不要在下班前半个小时问我什么东西最好吃，现在如果BOSS站在我面前，我都会觉得他很可口……

我爱工作，工作使我快乐！

主持 / 张美丽

啊，2 月来了。2 月真是一个让我们 B 组尴尬的月份，每当到了这个月，我们都备受嫌弃——

“不来写稿吗？”“写！收到几 B 来了？”“2B。”“……不写了，下期见。”

“这期想交短篇，几 B 了？”“……2 月刊！”“那不就是 2B？算了，我下期交吧。”

……我们表示很受伤，大家咋这样啊？都不写稿怎么得了！如此，我们只好更加用力地催稿，用力地工作，用力地赚钱了！

01 我爱取标题！

提到取标题这件事，我的心肝肺都要颤两颤。每一期都是哭天喊地地抱着朵爷的大腿求她放过……更倒霉的是，最近我的书名也被毙掉了。在又一次被打回来之后，我一怒之下跟朵爷立志："星期一我取八十个书名给你！"

朵爷："你说的！星期一没看到提头来见！"

？？？朵爷，我这里说的八十是夸张的手法，别当真啊啊啊啊啊——

后来，星期一我还是交了满满两页纸的书名给她，嗯，四舍五入算一下，可能有八百个吧。

万万没想到，第一个书名就过了……

第一个……就过了……

我……

坚强！虽然后面几十个都白取了，但总算定下来了不是吗！我应该开心点！

于是我（假装）高兴地欢呼："耶，书名定了，可以去玩……"

"还不交短篇标题过来？"还没说完，夏沅看了过来。

我："……"

你是人？！明明知道我刚刚取了整整八十个书名！

夏沅（冷漠）："不管哦。"

接下来每隔五分钟，我都能听到她催命的声音。

烦人！快让她嫁出去，别这么爱工作好不好！

为了自己的身体着想，我用尽最后的脑细胞换回了二十五个（这回没夸张！）标题，及时堵住了她的嘴。此刻的我，身体已经被掏空，高位截瘫倒在了工位上。

夏沅："朵爷说其中四个用原标题，另外一个重新取。"

…………

…………

我最近干坏事了吗？没有。那为什么这样对我？

最后我还是想垂死挣扎一下："我觉得《阿宽的百合不落泪》还行，再考虑一下？"

夏沅："朵爷说太日系了。"

我的脸上流下了两行热泪。

我："那《鲸鱼吞下了一朵野花》！"

夏沅（咆哮）："朋友！鲸鱼不会吞野花！"

我："吞百合也可以！"

夏沅（忍无可忍）："鲸鱼说她也不吞百合！你问过鲸鱼的意见了吗！"

我（已疯）："啊啊啊啊啊啊啊啊！——鲸鱼她爱吞哪个吞哪个！"

…………

夏沅："朋友，要不……我们还是商讨一下下班去吃什么？"

我："……"

所以你猜，最后那个故事标题定了什么？

02 把编剧抓起来！

偶尔，我会觉得自己这个职业特别危险，特别是碰上了像夏沅这样的读者的时候……

这天，我边玩着自己脸上的肉边抖着腿看稿，旁边的叉叉突然一声大叫，吓得对面夏沅脸上的粉都掉了两层："天啦天哪！我收到了一个编剧的投稿……”

哼，虚荣！还拿出来炫耀，我也收到过好吗！

“……但是写得好难看。”她接着说。

“呃……”这就尴尬了，我小声道，“我收到的编剧来稿也写得很难看。”

后来，我们俩在彼此幽怨的眼神里达成了共识——难怪现在的电视剧不好看！

“把编剧抓起来吧。”一个声音幽幽地飘过来。

妈哟！是谁在说话？难道给我们投过稿的编剧们来找我们算账了吗！

夏沅：“……”

哦，原来是夏沅啊。

叉叉（小声）：“夏沅好可怕，因为电视剧难看就要把编剧抓起来！”

张美丽：“对对对，要是……读者觉得我们稿子很难看，会不会也把我们抓起来？”

叉叉（害怕）：“别说啦！我去找好看的稿子了！”

张美丽：“叉叉，你不是我们组的男子汉吗？”

03 论我们穷且单身的原因

不知道为什么，大家同为魅丽的团队，我们组和隔壁组完全是两种状态。

隔壁组：“我们就是爱折腾男朋友折腾男朋友折腾男朋友！我们好有钱好有钱好有钱！”

我们组：“……”

“还打游戏？男朋友找好了吗？”

“我男朋友好帅……男朋友是宋仲基不行吗！”

“我穷得穿七块九一条的打底裤。”（你哪来的七块九毛钱！）

“‘财务姐姐，今天发工资不？’一个提着最后一口气即将饿死的仙女问。”

“为什么？为什么我们会这样惨？”夏沅提出了来自灵魂的质问。

叉叉：“是不是因为我们不美？”

怎么可能，我们是不知名民间组织评选出来的魅丽颜值巅峰组（其他组：……）！你们忘了吗？！

夏沅：“我知道了，一定是我们这里的风水不好！”

叉叉：“哼，我们组明明那么多加印的书！”（朵爷：可以了！再吹要招人打了！）

意识到这天差地别的差距后，每个人都陷入了沉思。最后，朵爷一掌拍向自己的胸脯：“为了改变我们穷逼的形象，我们每个人都来取个英文名吧！形象立马高大上起来了有没有！国际范儿！”

我：“妈哟朵爷，你是忘记了每个理发店里的Tony、Kevin和Steven吗？”

朵爷：“……想叫 MONEY U，钱有。”

大家：“……”

嗯，我好像突然明白我们组为什么会是这样了，我以前怎么说的来着——组长的气质，决定组员的气质……喀喀——我先走了。

叉妹：身边的人对你的编辑身份怎么看？

丐小亥：亲人们总以为我是什么记者，有次接到堂哥的电话，他说，堂弟你快过来，我在菜市场被人打了，你过来报道一下……我真的想跟堂哥说，要不你过来打我一下得了，我手无缚鸡之力啊，我只是吃得多而已！

听说有人要造反！

主持 /
张美丽

各位兄弟姐妹，欢迎来到我们群星璀璨的“中场休息”栏目（好啦，依然是我们几个人）！这期栏目信息量非常大，不仅暴露了我们（可能）是最有钱的和最无法无天的组，还有我们是最美的组（自封）的身份特质，可能会招别的组同事的打！希望大家能护住我们！

01 朵爷别跑！

在组内，我们的互动分工是这样的：

先由我和叉叉撰写固定互动，之后专栏互动统一归到我这儿来给朵爷审核，审完后再给夏沅去送给校对小姐姐。

讨嫌的是，大家又同时是互动“小美好”和“少女咖啡馆”栏目的嘉宾，于是总会出现这样的情况：

夏沅："张美丽！快将所有的互动和专栏给我，明天必须要送校对了！"

我："叉妹！快把你负责的互动给我！夏沅要送校对了！"

叉叉："……你俩倒是把'小美好'的互动给我。"

我（干笑）："啊，我没写完哈哈哈……哈？夏沅你也没写？那你有脸来催我？"

夏沅（心虚）："我马上就好了！那你……除了这个，先把其他的给我！"

我："叉妹，先把'少女咖啡馆'给我！"

叉叉（支吾）："还……有一点点没写完。你俩先写'小美好'！"

夏沅："啊哈哈哈哈……美丽不管哦，你今天要把互动和专栏给我！"

我："不！你先交'小美好'，我就把互动给你。"

夏沅&叉叉："……"

然后大家就互相撕起来了。坐在山那边的朵爷，经常要扭头过来劝架。

后来这种情况渐渐发生了转变。因为我们发现，彼此间的互动靠着互相威胁还是能在规定时间催到的，难催的是……朵爷和丐小亥……

和叉妹携手去催丐小亥。

我："今天要交专栏和互动哦，明天我们要送校对了。"

丐小亥："你们组长交了吗？"

叉妹："……交了！"

丐小亥："休想骗我，刚刚我问了，她还没写！"

我和叉妹："……"

转头去催朵爷。

我："朵爷，交专栏了，这个月要提前出片哦。"

朵爷："急什么，我知道半个月后才下印厂！"

叉妹："……那朵爷你先把互动写了，夏沅要送校对了！"

朵爷："我……我自己校！我是魅丽资深校对人员！"

我和叉妹："……"

终于，在上周五，大家集体崩溃了。在朵爷欢快地关电脑准备下班开溜的时候，我们一人一个角落堵住了她。

大家："朵爷！不写完互动不准走！"

朵爷（惊慌）："哎呀，你们做什么！我写互动很快的，星期一一来就能写完！"

大家并不为所动。朵爷试图用她凌厉的掌风劈开我们，没成功。可能她从没发现，某些时刻，她的组员们都有一米八吧！

十分钟后。

夏沅："朵爷，校对催我了！"

朵爷："啊啊啊，我在写！"

朵爷："（忽然反应过来）张美丽呢？她是不是跑了，她好大的胆子！不然我们也走吧！"

然后从遥远的角落传来了我的声音："……朵爷，我在这边和美编改内页呢！"

朵爷（不高兴）："你放过美编好不好？"

我："要不你先把我交给你的互动审了，先送一批给校对？"

朵爷转头对着夏沅："你看，张美丽打扰我！总是催我审互动我怎么写！"

夏沅："张美丽，你不要和朵爷说话！"

我："哈？？？我……"

朵爷（打断）：“你看！你又和我说话打扰我！哎呀，被你一打扰我不知道该写啥了！”

我：“……”

后来下班了，我们在电梯里碰到了隔壁组的老大，朵爷一脸生气地控诉：“我的组员简直无法无天！要造反了，不让我回家！”

我们和隔壁组老大对望了一眼，互相报以了和善慈祥的微笑。

02 新·魅丽未解之谜

要过年放假了，大家忙到翻天，而每天热衷于喊大家喝一杯的朵爷，已经找不到人一起点咖啡了。于是，她决定再招一个仙女进来。

我们纷纷表示了担忧，我们组画风这么“泥石流”，会有人来吗？

朵爷：“怕什么！我们组财大气粗！多的是人想来！”

大家（受到了惊吓）：“……财大？气粗？”

朵爷：“是呀！我们组人少又长得美、书又好看……说不定是公司最有钱的！”

在大家还没反应过来长得美和有钱有什么关系时，朵爷巧舌如簧，balabala一通忽悠，终于使我们意识到，我们组已经掌握了半个世界的财富！（朵爷可能是，被编辑事业耽搁的一个口才艺术家吧。）

大家纷纷感慨不已。

叉叉：“真的是财大气粗啊！”

夏沅：“我们好幸福！”

我：“我们真是生在福中不知福！”

接着大家突然间陷入了沉默。

我扭头悄悄问叉妹：“为什么我们拥有这么多财富，每天都还在哭穷？”

叉叉：“……”

叉叉：“别说了，我这个月信用卡还没还完……”

我：“……”

啊，真是一个谜。

03 我们都有发财梦

上周五组内开会，开着开着大家就开始了日常哭穷，于是主题就从……明年的计划安排转到……怎么发财的话题上去了……

朵爷：“天啊，隔壁组编辑又出书了，羡慕！我恨不得马上写《成人礼晚点 2》！”

大家：“朵爷，咱先把 1 出了好不！！！”

朵爷（不开心）：“1 我早就写完了，在丐小亥那里！哇，要不然我们每个人都来写一本书吧！”

说着，朵爷掏出了手机，打开计算器。

朵爷：“我给你们算算啊！你看我们每个人出一本，每本书至少要定价 32.00 元，那这样就是……”

计算器被按得啪啪响。

朵爷（开心）：“哇！这笔稿费够我们去欧洲玩一圈！”

叉妹："真的吗！写，马上写！"

叉妹："去欧洲玩完回来我们还可以写本游记！"

朵爷（激动）："对对对，就叫……叫《我们走着瞧》吧！怎么样，是不是很棒？"

叉妹："棒棒棒！"

朵爷一扭头，发现我跟夏沅仍然处在震惊中。

朵爷："你看张美丽和夏沅，都不加入话题，不合群，开除！"

我和夏沅："哈？？？"

叉叉："她俩这样像条咸鱼似的。（突然）天哪，不如我们再出一本《做条咸鱼吧》！肯定会大卖！"

朵爷："可以可以！然后我们每个人再单独出本书，加起来就是四本！"

叉叉："再出一本专栏合集，五本！"

朵爷："还有《我们走着瞧》和《做条咸鱼吧》，以及《成人礼晚点2》，明年我们就有八本书了！"

叉叉："我们明年别做书了，就好好写书吧，哈哈哈！"

朵爷："妈哟，我们是不是要发财了？"

我："……"

夏沅："……"

这两个人已经将我们未来八百年的事情都想好了，已然忘了，大家是一篇编辑专栏都需要磨一个月才能产出的人。

那天晚上，我做了个梦，梦里，大家功成名就，成了称霸畅销书榜的女人……

朵爷：我们家门口有一条大河，我每个夏天都在里面洗头、洗澡、洗菜……还经常淹到里面又被人捞起来！所以，在这片生你养你的土地上……有过什么事让你记一世吗？

丐小亥：我被邻居的老妹妹……没有缘由地抓到田里打了一顿……那个老妹妹比我矮一截（比朵爷高一点），棍子落在我身上时，我并没有还手。一、男生不能打女生；二、我知道打在我的身上，疼在她的心里。嗯，就是这样！现在想来，这就是年少时的萌动吧！（我知道《花火》不允许说“爱”，我懂你们的底线在哪里！）

我们就是“抓马 queen”！

主持 / 张美丽

我记得上回，大家说我们《花火》B 版的编辑有点疯的时候，我手叉着腰不愿意承认。现在，跟大家道歉，我错了！是我太年轻！请你们原谅我！我终于意识到为什么大家会这么说了，因为我组同事，确实有点……戏多。回顾一下这些片段，感觉每一个都是潜在的“抓马 queen”（戏精女王）啊……

01 美要大声说出来

这天中午，阳光恰好，微风不燥，朵爷又怂恿我们下楼去喝咖啡。理由是——

“今天大家穿得这么美，不下去晃一晃吗？”

夏沅：“要干活。”

我："要睡觉！"

只有叉妹，一个人乐颠颠地跑过去，和朵爷一起做起了搔首弄姿的小姐妹。

朵爷："（翘起兰花指）唉，她们都是美而不自知的人，不像我们——"

叉妹："美得外放！"（你倒是接得很顺！）

朵爷："美得直白！"

叉妹："美得要让全世界知道！"

刚进门的新人小明："？！"

小明！你听我说，我们组平常不是这样的！我们挺严肃的，真的！你相信我！

02 你们要沙发吗？

自从夏沅和叉妹做了室友后，天天对房东的房子进行改造。上回处理了房东的床，这回又打算处理沙发了，热情得天天想把沙发送给我们……

朵爷喊我们去她家煮粽子。

皇后："我们这么多人是不是坐不下？"

朵爷："没有啊，坐得……"

皇后（打断）："朵爷！坐不下的！你一定还缺一张沙发！刚好我那里有，可以给你扛过来！"

朵爷："……"

夏皇后拉我去办健身卡，遭到了拒绝。

我（冷漠）：“我的小区有跑步的地方。”

皇后：“这样啊……哎！（灵光一闪）不然我把沙发搬到你家来吧！”

我：“啥？！”

皇后：“我就能到你那儿跑步，跑完睡你家啦！我委屈一下，睡沙发就可以了！”

我：“……”

想得倒是美。

我：“你是不是想把沙发处理在我那儿？”

皇后：“嘿嘿嘿——嘻嘻嘻——哈哈哈——”

我：“人可以留下。沙发，出去！”

皇后：“哎呀，人在沙发在，人走沙发……还是得在！”

我：“……”

亲爱的读者朋友，你需要沙发吗？欢迎致电夏沅，包邮哦！

03 就数我最高！

前一阵，叉妹继我和夏沅之后，也剪短了头发。这下子，看背影我们仨真成三胞胎了。

我：“哇！以后大家看我们仨的背影，就只能从身高上认出我了！”

作为曾经的矮子组最高的人（叉妹：我不承认！），在被一米七几的小明打压过后，能找到这样一个时刻凸显身高，我很高兴！很兴奋！

我：“哈哈哈！我最高，我最高！”

叉妹（无情地给了一刀）："不，大家还可以——从宽度认出你。"

我："？！"

皇后（无义地补了一刀）："也可以从大头认出你。"

我："……"

我："哦。"

我已经和她们俩绝交十五分钟了，谢谢大家。

04 叉妹，一个社会姐！

最近我们给叉妹的新人设是——社会你叉姐！只因江湖上的事无她不知，无她不晓，并且叉妹每次讲解时，都带着一股睥睨天下的气势藐视一切，俨然一个社会老大哥！

Part1：耳目众多

有时候我们会很关注八卦。

朵爷："哇！据说这对明星夫妻要离婚了！"

叉妹："哼哼，早就离了，只是两人为了利益 &*（）……%*"

接下来的半个小时里，叉妹给我们强行科普了一通，终于让我们搞清了事件主角的前世今生。

大家："叉妹知道得好多哦。"

叉姐（骄傲）："我圈里可是有人的！"

Part2：高武力值

最近皇后也迷上了打游戏，聚餐都埋着头。奈何技术不好，每天被打得抱头乱窜。

我：“夏沅女士！您先把饭吃完了再打行不行！”

皇后：“哎呀，我正要抢人头呢。”

五分钟后。

皇后：“你看我队友好气人，要输了！”

十分钟后。

皇后：“啊啊啊——叉妹！！”

接下来就是叉妹的表演了，只见她“啪”的一声放下筷子，接过手机，指间飞速，开始力挽狂澜！然后皇后就开始利用这段时间猛往嘴里扒饭。

又过去十分钟。

“好了，赢了。”叉姐满意地拿起了筷子。

Part3：粗糙如汉

有一天朵爷在干活，我们四个看着她，在旁边浪费人生。为了不让自己看起来凄苦，朵爷抽出一沓纸，逼着我们写写画画做活动用。

“我给大家画一只青蛙吧！”叉妹说。我们说好，也拿起笔开始了创作。

五分钟过去，大家展示了成品。

我：“哈哈哈——皇后你画的这是个啥！一坨屎吗？”

夏沅：“一朵云！”（生气地给云添上了表情）

我：“可爱！（扭头）小明你画的这个也好童趣！”

小明：“你的好意识流哦。”

大家：“哈哈哈——叉妹，你画的啥？”

叉妹很宝贝地掏出了她的画，然后我们就集体陷入了沉默之中。

叉妹：“怎么了？画得不好吗？”

大家：“……”

画得好是好，蛙也还是蛙，不过是……表情包里的那只悲伤蛙。另外还附赠了各种来路不明的、丑出特色的、无法直视的恶搞表情包。

大家：“你疯了吗？为什么要放弃做小仙女，去做糙汉。”

叉妹：“哎呀，你们不懂艺术，快看它，多可爱！”

大家：“……”

后来，叉妹还抑制不住创作热情地给我们画了各种丧尸的东西。我们说，如果真有人收到了这些，可能会不高兴吧。

05 开除小明！

作为一个背后灵存在的小明，真的很热心肠，有时候热心肠得令人害怕。

有一天朵爷吃了糖后，牙疼了好半天，捂着嘴“嗯嗯啊啊”……

小明：“牙疼可能是口腔黏膜%￥#……有可能是口腔癌，如果伤到骨头了还会要截掉下颚。”

朵爷听得心惊胆战：“小明！这么较真！”

叉妹想提醒一下。

叉妹：“小明你知道你做错了什么吗？”

小明（面无表情）：“忠言逆耳。”

忠言逆耳！这四个字简直振聋发聩！

皇后："朵爷，小明说你是昏君！"

小明："？！"

朵爷："小明，你转正了就无所顾忌了是吗！"

小明怕了，她终于想起了曾经我们总挂在嘴边的"开除"一说，瑟缩着不说话了。她害怕的表现是，第二天午休，一点半上班，我睡到了两点半她都没喊我起来……小明！

后来我才看到了群里这样的聊天记录——

小明："朵爷，你们什么时候回来？"

朵爷："马上了。我猜你们并没有好好上班对不对！"

小明（战战兢兢）："没……没有……已经上班很久了，我觉得该喊美丽起床了，可是她睡得好香，我不敢喊她。可是不喊她等会儿老板路过怎么办呢？会开除她吗？然而喊了她会……"

朵爷（打断）："小明！你冷静一点！快叫她起来！"

我："……"

看完之后，我的内心是复杂的。

希望 BOSS 不要看到这期互动。(BOSS 我不是故意的！ BOSS 我加班把这一个小时补回来了，我还多补了好长时间！ BOSS 放过我！)

我们小组很友好！

代班主持 /
王小明

张美丽在上一期互动里写了一个令我闻风丧胆的小标题——开除小明！结果这期就换我来接班她的“中场休息”……大家不要误会！虽然我在花火 B 组被黑成了一个阴森森的背后灵，但我真的没有把张美丽怎么样。至于为什么我摇身一变成了代班主持……这一切，都是因为 B 组“大佬”叉叉的暗中控制……

01 B 组“大佬”是叉妹！

《花火》7B 中，丐小亥提到了叉妹由于咖啡喝得好而深得朵爷欢心，张美丽则在后一期又创造……不，揭露叉妹的新人设——“社会你叉姐”。两相结合，叉妹粗糙霸道、横行 B 组的形象大概已经深入人心，令人信服。但是万万没有想到，叉妹在组内的实权已经发展到这个地步——

某个周一的早上，叉妹在群里大手一挥："周三交互动！"

张美丽："什么？！"

我（虽然没有说话但内心……）："哎哎哎？！不是下周三才到交互动的日子吗？不过张美丽的'中场休息'比我难多了，叉妹自己也有那么重要的'小美好'要做，应该会更辛苦的……大家都好努力。嗯！我也要加油！"

我给自己鼓了鼓气，赶紧打开文档准备"花粉来信"和"花粉交流区"。

一时沉浸在工作中，所以回过神来就看见不知何时站在我旁边的朵爷，她满脸关切地跟对面的叉妹交谈了几句，语气温柔，不似平常……

说着，朵爷忽然转头，换回平时的样子，不容置喙地对着张美丽说："你！帮叉妹把这期的'小美好'做了！叉妹忙不过来！"

张美丽（由于过度震惊有些呆滞）："啊……可是我还要做中场休……"

朵爷："……那小明！你帮美丽把这期的'中场休息'做了！叉妹忙不过来！"

我（僵硬）："我、我还在做花粉……"

朵爷："不管！"

我（一点也不阴森森）："难怪叉妹今天这么嚣张地在群里催说周三就要交互动……"

朵爷见我将苗头对准了叉妹，立刻悄咪咪转移大家的视线："皇后啊，为什么全组只有你不用做互动啊？"

夏沅丝毫不在意，人如其名，仿佛常居上位的皇后般不屑地笑了笑："不想做。"

（恐惧到颤抖。）

咦？总感觉除了叉妹，还有一个人凌驾于全体组员之上……我就不明说了，反正大家都猜得到是每天凶巴巴催朵爷看稿的夏皇后吧。

写到这句时，我旁边位置上的夏沅突然打了个喷嚏……有点害怕……来！我们继续黑叉妹。（叉妹：？？？）

下班时，我悄悄告诉叉妹，今天在“中场休息”里黑了你，嘿嘿嘿嘻嘻嘻吼吼吼……

第二天一早，叉妹装作不经意地看着我：“对了，小明，这期的值班日志也由你来写哦。”

所以说……自古反派死于话多。

（嗯？我才不是反派！）

02 还有比张美丽更美的人吗？

为了与读者朋友们更近距离地交流以及宣传我们好看的图书……花火B组第一次开起了直播，大家都不自觉地有些做作——

朵爷藏起了长沙普通话，句句带着正统的儿化音：“大儿家儿好儿，我儿是儿朵儿爷儿，叉妹儿，来和大家打个招呼儿。”（朵儿爷儿：小明儿！你想死吗？）

夏皇后不再凶巴巴，用她甜美的声音和笑容面对镜头，虽然很快破功，屡次当着众多读者的屏幕公然怒瞪叉妹；（夏沅：小明！你想死吗？）

叉妹儿则面带微笑，借着新发型的漂亮伪装，说服自己做一个安静的美少女：（叉妹儿：小明……哦，我的还好。）

而我为了隐藏自己的大胖脸，低头假装玩手机，好让头发遮挡住三分之二的面积。

只有张美丽，埋头在工作中不问世事，但评论里的读者朋友们依然很爱她。比如我们时不时看到这样的评论刷过去：

“左边第二个是谁？”

“左边第二个小姐姐好美啊！”

“张美丽好看。”

“张美丽真好看！”

对，“左边第二个”——就是张美丽。

哼，一定是张美丽提前安排好的水军。

——本小明“一点也不阴森森”地想。

张美丽的“水军”不仅出没在直播间，更是侵入到了我们的读者调查表！我在为“花粉来信”选供编辑部众人回答的问题时，看到了一个提问：

“编辑部还有比张美丽更美的人吗？”

真是不知道张美丽会如何回答呢。难道她会无耻地回答“没有”吗？

让我们拭目以待。

03 天下武功唯快不破

有没有比张美丽更美的人我不敢确定，但是，我敢断言，花火 B 组没有比张美丽动作更快的人！

作为组内最爱呼朋引伴的叉姐，拥有一拍即合的室友——夏皇后。某天下班前五分钟，天天不吃公司食堂的她俩，又在群里单方面宣布："收拾好东西，准备去吃烤肉。"

张美丽："不吃。"

我："不吃。"

天真的我以为事情到这里就结束了，但下班时间一到，就看见平常加班到晚上十点的张美丽迅速离位。

我捕捉到一丝不寻常的气息，赶紧把东西往包里一扫，匆匆去追赶张美丽的身影。不过一个转身，电梯口只剩下满脸无知的我：美丽呢？

我还没有反应过来，左边突然出现一个黑影，二话不说抱住我的胳膊，将我拖了回去……所以！胖有什么用，力气连比我矮十公分（可能还不止）的叉妹都不如！

于是虚胖的我，在叉妹和夏沅的双重监视及挟持下，顺利（？）抵达烤肉店，吃得脑满肠肥。而张美丽呢，在我们刚从公司出来的时候，就已经坐上了回家的车。

我问张美丽行动怎会如此迅速，她叹了口气："长期浸淫在这种强行聚餐的不良风气下，你也会学会这项技能的。"

后来有一次下班，我和叉妹、夏沅同行，我嘴快地透露回家路上有一家新开的奶茶店，还热心地带她们过去，差点又被拦下，还好这次跑得快，不然又要多长两斤肉！

叉叉：一个编辑的成功……离不开读者的支持！读者就是我们的衣食父母！就算我们的衣食父母都亲切地叫我们叔叔阿姨……督促我们减肥……为每一个单身的中青年编辑操碎了心……也甘之如饴。大家做编辑的这些年，和读者有发生过什么趣事吗？

朵爷：没有，读者每天都在羞辱我，我天天都收到不同的私信，内容却出奇地一致“朵爷，我今年十二岁了，我一米六八”“朵爷，我十六岁了，一米七”“朵爷，好可怜啊我和你一样矮，但我今年八岁”……

张美丽：我小时候一直以为当上编辑就会变得很有钱，后来，我发现我错了……“编辑生活很清苦”系列我能写一整本书……

夏沅：有一次大半夜，读者跑来私信我谈心，我忍困陪她聊了一个多小时，聊完之后，她愉快地感谢我“谢谢夏沅阿姨，你人真好！”这位读者你别走……你叫谁阿姨呢！

主持 /
王小明

我们有本“无常簿”！

大家好……没有想到，这期“中场休息”又由本小明来主持。毕竟上次代完班后，被揭露了真面目（？）的朵爷和叉妹扬言要开除我！可能是因为每当花火 B 组内部发生一些什么（蠢）事，我就在旁边拿着我的小红本本奋笔疾书的样子被朵爷发现了，所以她命令我这期要重点黑张美丽和夏沅！为了给大家带来最真实的第一手剧情，我可以说是以身涉险的典范了！

01 蠢里蠢气的编辑

公司每年都会放一周的暑假——哇！BOSS 英明神武！能谋善断！令人折服！（好了这不是重点）重点是，张美丽和夏皇后决定两人结伴去旅游，朵爷、叉妹听说之后大惊失色，久久不能言语……等等，在这里让我们先简单回顾两个日常小剧场。

某天早上——

张美丽（开朗）：“今天的路一点也不堵！”

的士司机：“是啊，周六一般都不堵。”

张美丽：“……师傅，您掉头吧，我忘了今天不用上班。”

某天下班——

夏沅（愤怒）：“为什么我打不开门？！是钥匙坏了还是锁坏了？！（拍下照片给室友）”

室友：“抬头看看门牌号，这不是我们家。”

虽然张美丽每天迟到和犯蠢，虽然夏沅数不清八和九……但看着她俩放假前一个月每天拿着纸、笔、手机埋头讨论的样子，感觉意外地靠谱。除了偶尔有点分歧，比如——

张美丽：“我想去这里、这里、这里，还有这里，啊，那里好像也很美！”

夏沅：“太多了去不了！就躺在客栈打游戏不行吗？”

（其实这个时候她俩根本还没订所谓的客栈。）

叉妹：“我觉得到时候她们会在路上打起来，最后一个去了远方拍MV（？），一个留在当地打游戏。”

没错，张美丽平常会在嘈杂的大马路上独自走远，离我们八米，眼神看似放空，却不急不缓地完美避过行人和车辆。我们其余四人在背后窸窸窣窣：“美丽是不是在拍MV，你看她的脚步都仿佛踩着乐点……”

而夏沅……直到刚刚，距暑假已过去一个月的今天，我为了写互动重新提起这次暑假游，张美丽才忽然说："是的，皇后就是这样的人！其实苍山……是我一个人去的！"（朵爷、叉妹、我：？！）

回到云南行前一天。

朵爷（担忧）"：你们的行程定好了吗？"

张美丽和夏皇后四目相对，支支吾吾。

叉妹不安地追问："那你们车票买好了吧？"

夏沅："就买就买……"

朵爷："……住的地方预订了吗？"

于是我们接下来就听见了"啥？你还没有订酒店！""什么！酒店不是你来订吗？"之类的对话……

叉妹："我觉得她俩现在就会打起来，让我们一起来猜猜谁会赢！"

后来的事情，估计一部分读者是知道的。

在群里消失了三天的夏沅终于发了照片，却不是美美的精修图……而是她满身淤泥的样子——她和张美丽骑着自行车摔进了泥沟里……休假回来后，张美丽手上、腿上多了几个结痂的伤口，夏皇后则拖着两条布满瘀青的小腿在我们视线里晃荡了一个月……

02 疯疯癫癫的作者……

公司举办十三周年读者见面会前，组里凑在一起讨论怎么着装。

叉妹：“我要穿一条＃￥%@&（此处省略八百字）的裙子！可是除了黑色人字拖，我没有能搭配它的鞋！”

夏沅：“穿人字拖的话会被BOSS赶出去吧。”

由于夏沅和BOSS同个健身房，我们都很相信她的话。

我（灵机一动）：“你用黑色马克笔在脚踝上画根鞋带吧！”

叉妹用满脸的不可思议驳回了我的建议。

然而朵爷十分喜欢这个建议，她衍生了许多创意，比如画项圈、画袜子、画到大腿的罗马鞋带，最后发展到画裙子时被我们及时拦住……

见面会那两天的晚上，我们小组和花火影像组的编辑、作者们都聚在一起，在酒店房间里玩……《狼人杀》。

最后一晚，考虑到作者们第二天还要赶飞机，大家玩到十一点散了场，但所有人都难以放下对《狼人杀》的痴迷。

朵爷被最后一轮的结果气得边走路边跺脚；我和夏沅在回家的出租车里激动地揍司……啊不，是揍座椅；第二天听说林×榆、容×和×尧在线上玩到了早晨7点……

之后在微信群里经常能看到这样的对话——

朵爷：“来一局吗？”

夏沅（凶）：“朵爷？？不要稿子啦？？”

朵爷：“……没交稿的都不许进！”

清尧：“（链接）新手区××××号，密码××……”

丐小亥：“你的书还上不上市了？下次签售会还签杂志是吗？明天的专栏也不打算交了吧？8号的稿子写完了吗？”

清尧：“……（退出游戏）”

03 我的“无常簿”！

俗话说，“好记性不如烂笔头”，为了不漏掉组里每天发生的精彩（蠢）事迹，身负写互动重任的我时刻准备着往素材小本本上添砖加瓦。

每天嚷嚷着要减肥的夏沅（我：这个做作的瘦子！），手里举着香蕉一动不动。

我：“怎……怎么了？”

夏沅：“我要等到10点才能吃，这样才不会长胖。”

我：“（看了看时间——09:58）不可理喻……记在小本本里！”

组里讨论“小美好”主题。

朵爷：“这个主题怎么样啊——我想找××借××一用。比如，我想找张美丽借大头一用！”（张美丽：？）

在朵爷生动的举例下，大家纷纷打开思路——

小锅：“我想找BOSS借钱一用！”

丐小亥：“我也想找BOSS借钱一用！”

夏沅：“我想找BOSS借……”

（BOSS：你们都走开！）

只有一个人，大佬人设永远不崩，一开口就吓呆整个编辑部——

叉妹：“我想借 BOSS 位置一用。”

所有人（指着叉妹）：“噢噢噢噢噢！大胆！”

我在混乱中打开小本本，迅速写下“叉妹说要借 BOSS 位置一用”。

眼尖的朵爷：“啊啊啊啊啊，小明好恐怖！”

其实我的小本本上还有很多故事——“吃火锅的五个肚子”“看不见的第九人”“同事情在何处”“朵爷羞辱日常”……如果小本本没有被人销毁的话，我们下次再见！

主持 /
王小明

火锅！
火锅！

终于又到了一月一次的单方面揭露时间——中场休息 Time（时间）！对，就是本小明，单方面对花火 B 组其他人的抹黑……哦不，揭露！

每到这个时候，平日里小心翼翼的我将不复存在，任凭大家如何指责我放肆，我的小本本都能给予我勇气，让我在安全感中勤勤恳恳地记录下朵爷的毒舌、张美丽的犯蠢、叉妹的以下犯上，以及夏沅的每一次发脾气。

夏沅：“……”（瞪）

01 别让朵爷碰菜单！

我们组酷爱聚众吃火锅。

日常聚餐，要吃火锅；发工资了，要吃火锅；工作太累，要吃火锅；心情不太好&心情非常好，都要吃火锅……

一天，朵爷说要请我们去吃饭，大家在路上冥思苦想，在西餐和湘菜之间举棋不定，最后我们齐齐踏进了一家新开的火锅店。

在火锅店坐下之后，张某、夏某和叉某马上举起手机打起了游戏，而我则低头专注地修起了自拍。

朵爷："你们想吃啥？"

张、夏、叉、明："……"

朵爷又连着问了三遍，我们只好头也不抬地回答："你看着点。"

千金难买早知道，如果我们早知道两个小时后发生的一切，一定不再沉迷手机，好好做人……

当我们收起手机准备涮菜时，赫然发现我们已看不见对面的同僚！

服务员送来的菜盘堆满了整个餐桌！我们只好隔着重重肥牛卷，大声质问朵爷："你到底点了多少菜！"

朵爷（迷茫）："也没有点多少呀。"

那天我们吃了又吃，锅中只见食材不见汤水，每个人都在店里鼓起肚子请其他人鉴定是不是真的再也吃不下了。轮到夏沅时，我们望着她平平的肚子，怒气冲天，异口同声："给我继续吃！"

据叉妹爆料，不久前她与朵爷去吃日料，一时大意在点单前去了厕所，结果点的寿司吃了一个小时都吃不完，差点和朵爷在日料店当场对骂起来……

02 听说火锅要吃九宫格

国庆假期的第一天我就摔伤了腿，假期过完了还没有恢复。但是由于穷，不敢请假，每天身残志坚地上着班。

就当我以为我会平静地度过这段恢复期时，某天午饭时间——

叉妹："小明！要去吃火锅了！快去快回！"

我转头，大家不知何时已并排站在了门口，蓄势待发。

我："我腿痛走得很慢的！"

大家："没关系！"

我带着对火锅的垂涎，和对这份同僚爱的感动，一瘸一拐地上了电梯。

一分钟后我才知道，"没关系"的意思是："没关系，我们不会等你的！"

朵、张、夏、叉四个人健步如飞地走在我前面 50 米，时不时还能听见朵爷大声喊道："哎呀，你们太过分了！都不等等小明！"（然而朵爷的步伐丝毫没有要减速的意思。）

等我到达离公司最近的那家火锅店时，大家已经入座喝起了茶……

夏沅："小明，刚才我们上楼的时候服务员问——你好，四位吗？"

众人："哈哈哈哈哈！"

朵爷："小明，你上来的时候有没有人问你——你好，一位吗？"

众人："哈哈哈哈哈！"

我（冷漠）：“哼，你们等着，这期的‘中场休息’我要把你们每人写上八百八十八字！”

好……回到火锅。

我们把菜单给了离朵爷最远的张美丽。

张美丽：“哇，这家店有九宫格，我们试一下吧！”

九宫格上来后，张美丽以迅雷不及掩耳之势将肉片均匀分布在了每一个格子里。

朵爷：“（捞了八个格子之后）肉呢？！”

我们一边吃着从那八个格子里捞上来的肉，一边说：“朵爷，你再捞捞剩下的那个格子。”

朵爷：“……”（已经忘了刚才没捞的格子是哪个）

最后大家还是一起用筷子……夹起了……锅中的九宫格，开开心心地吃起了普通的红油火锅。

03 菜单上的喜怒哀乐……

虽然我们组一周要聚八次餐，但大家在菜单的选择上还是常常会有争论。

有时候，我们会公开互相指责。

叉妹：“怎么回事！谁点了这么多素菜？”（就两个……）

叉妹：“肉呢？！怎么没有肉！”（八个荤菜……）

叉妹：“牛肚、肉丸、鸭掌、鹅肠算什么肉！我要吃肉！”

叉妹：“我没有吃饱，你们吃饱了吗？”

其他人："饱了呀……"

叉妹（不甘心）："别人就算了，我不信张美丽也饱了！"（张美丽：？）

但有时候，我们也会保持表面的友好。

夏沅："菜都点得差不多了，小明你看看有没有什么要补的。"

我："我要加一个山药！"

夏沅："山药有啥好吃的呀……"

叉妹："又是素菜？"

我："……"（不是你们让我点的吗！）

过了一会儿，我拿着菜单问大家喝什么饮料。

叉妹："我都可以，你问问她们。"

我："有橙汁，有雪碧，有可乐……"

夏沅："那就橙汁吧。"

叉妹＆我："啊？！"

夏沅："……雪碧吧。"

叉妹＆我："啊？！"

夏沅（发脾气）："那干吗还要问我！"

我："哪里想到会有人第一选择不是可乐嘛……"

叉妹："就是就是。"

04 "吃替"张美丽

在老板的关怀下，公司启动了一个新活动：每月的第一个周五下午为当月生日的员工办生日会！当月生日的大家聚在一起吃吃蛋糕，吹吹蜡烛。

画外音——

朵爷：“好心酸哦……生日会，却只有过生日的人参加。”

叉妹：“好心酸哦……自己插蜡烛，自己切蛋糕。”

很快就到了夏沅生日的那个月……

月初的周五下午，夏沅电脑坏了，于是从早上起就开始发脾气。

坐在旁边的我如惊弓之鸟。（夏沅：你没有！你明明在和叉妹大肆嘲笑我！）

等到下午电脑修好了，恢复文件的时候，夏沅忙得不可开交。

夏沅：“什么？还要去参加生日会！”

我：“多好呀，有蛋糕吃呢！”

夏沅：“工作太多了，忙（减）不（肥）完（呢）！”

听到“蛋糕”二字的张美丽欲言又止。

叉妹（悄悄）：“要不让张美丽代替你去过生日？我认为她可以完美地扮演一个吃替！”

于是现在我看着对面乐呵呵吃着蛋糕的张美丽，将“烤红薯的故事”挪到了下期，把“吃替”强行塞进了这期“中场休息”……

（好啦！其实蛋糕是夏沅为了嗷嗷待哺的我们，从生日会上打包的！）

我们每天被“羞辱”！

主持 / 王小明

唉——做了几期“中场休息”，也渐渐感觉力不从心，江郎才尽。倒不是因为找不到黑大家的素材，而是素材真的太！多！了！本小明每日不知疲倦地记录着或放肆、或蠢、或奇怪的B组日常，多到我已经换了一个新的小本本；多到在交互动的日子打开文档，却总是不知从何下手……（叉妹：不要再给你拖互动找理由了！）

01 我们不是这样的！

大家在杂志上互相诋毁多了，也有点担心读者朋友们会把我们偶尔带有夸张色彩的描述当真。

张美丽：“我明明走的是文艺、高冷路线，现在大家却都以为我智商不够，个个嘲笑我！”

其他人：“你先说说哪件蠢事不是真实发生在你本人身上的？”

叉妹：“我明明是软妹，卷头发、穿裙子一样不落，读者却依然以为我是一个壮汉！”

其他人：“……”（不想说话）

夏沅：“我明明很温柔，新来的作者却因为‘夏沅很凶’的江湖传闻对我总是战战兢兢！”

其他人：“……”（不敢说话）

我：“唉……我其实修了八百次照片才敢发图，好怕大家以为我真的长成自拍那样哦。”

张美丽：“做作。”

夏沅：“虚伪。”

叉妹：“呸。”

02 被朵爷羞辱的日常

由于我们在杂志里给大佬叉和皇后夏逐渐树立了手握大权的形象，朵爷感觉丧失了作为一个组长的尊严……所以，她每天都在随时准备羞辱我们以试图换回我们的敬畏，重振威严。

除了日常羞辱张美丽的大头，朵爷在我们交图书书名或者互动主题时，也令人心跳加速。

一旦朵爷看到不满意的字句，就会用毫不藏私、气沉丹田般的声音念出来跟全公司分享。

我一两个月前想的书名，至今仍时时被提起引发嘲笑，导致我现在交书名给朵爷时只能眼睛一眨不眨地盯着她，但凡她有一丝开口的迹象，我都会立马冲上去比“嘘”：“朵爷！我们私下讲！”

而当我们被朵爷羞辱时，笑得最大声的人常常是隔壁组的冬菇。

毕竟是小锅的人，我们不敢放肆，只有夏沅……

某次，朵爷大声质问：“夏沅！你疯了吗！”

除夏沅外的其他人纷纷凑上前去看戏，搓手期待。

朵爷：“（很满意大家的捧场）你们听听她交的‘小美好’主题有多敷衍——一个压箱底的笑话！”

前“小美好”掌门人叉妹：“笑话！”

刚做完上一期“小美好”的张美丽：“嘻嘻。”

置身事外的我：“哈哈。”

隔壁组的冬菇：“啊哈哈哈哈！”

夏沅（转头）：“冬菇？”

终于知道害怕为何物的冬菇：“我……我不是在笑你……真的！”

不要以为“深得朵心”的叉妹就可以幸免于难。

有一天，叉妹给书定做的一批海报和明信片被印刷工作室送错到公司，叫她下去拿。

叉妹：“怎么办！几千张海报，我怎么拿得起！”

朵爷：“叫他们送回去！就说你是女孩，搬不动。”

叉妹（感动）：“好。”

朵爷（补充）：“骗他们一下。”

叉妹：“？！”

03 与芒果的爱恨情仇……

叉妹总是在朋友圈和微博上发一些看上去很热爱生活的滤镜照片——水果拼盘、牛奶麦片，甚至还会炒大虾，简直不得了。然而这一切辛苦的努力，在那一天土崩瓦解……

那一天——

叉妹从桌上的垃圾堆——啊不，是满满当当的知识中翻出了一个一周前买的大杧果，向周围人确认能吃后，一阵手起刀落。

朵爷：“天哪！叉妹！你这是干什么？”

叉妹（茫然）：“我只是想吃芒果。”

爱凑热闹的我们纷纷围上去，只见叉妹以一种奇异的方式将杧果削得块不成块、丝不成丝，汁水横流。

朵爷兴奋地拍好照片，飞奔去给其他组的每人一个羞辱叉妹的机会，并且将照片发在了我们的小组群里。

夏沅（厌恶）：“啧！”（清屏）

张美丽（无奈）：“唉……”（连发三个可爱表情包刷屏）

我（好玩）：“嘿嘿。”（复制重发照片）

04 小明有什么错!

我作为拉高花火B组平均身高的大功臣，大家非但不感激我，反而常常用言语刺伤我!

上次吃兔头，连欲拒还迎的夏沅也开始大快朵颐的时候，我仍悄悄地躲在一边。

夏沅：小明，“你也吃一个嘛!”

我（娇弱）：“不不不……”

朵爷（冷笑）：“呵，小明，你可不像不吃兔头的人。”（我：？！）

锅和朵爷聊天。

朵爷：“小明也爱喝××，每天晚上都要喝一瓶!”

锅：“啊？我都是喝罐装。不过看小明的体型……也确实是喝大瓶装的人。”

我：“……”（是因为楼下小卖部只有大瓶装！）

和叉妹聊到蛇鼠虫蚁（不要问我们为什么会聊到这个）。

我：“啊啊啊！害怕，好恶心。”

叉妹（惊讶）：“你也会怕这种东西？白长了那么大个子！”

我：“我又不是吃这些东西才长的个子！”

05 真的不是因为穷!

皇后、叉妹和我，三个人一起吃晚饭。

我们在同一个地方兜了八个圈后终于确定了吃啥。

可能是因为张美丽不在，菜吃到一半大家就饱了。（张美丽：？！）

我："没想到分量这么足，点餐时怎么没人提醒我们！我们三个弱女子，看上去像吃得很多的人吗？！"

夏沅、叉妹："就是！"

我对比了一下自己和她们俩的块头，心虚之下打翻了一杯饮料。

直到用光了自己随身携带的纸巾，仍死死地不肯拆开桌上的餐巾纸。

叉妹："现在餐厅的纸巾都八块钱一盒，太贵了！"

我："就是就是。我还有湿巾，来，大家擦嘴。"

等到结账时，我赫然发现账单上这家店的纸巾只要一块钱……

而我们，吃饭途中两次打翻饮料，都不肯碰一下这盒价值一元的纸巾。

本来乖乖埋单就好，但是我咽不下这口气，让收银员退了我一块钱！

虽然听到了他们的嗤笑，但我丝毫不为所动："呵，你们懂什么，这不是钱的问题！"

皇后 & 叉妹："……"

注：这期张美丽的镜头明显少了很多，希望张美丽能回归日常犯蠢的状态，多给我们一些话题。（张美丽：你走开！）

朵爷：请具体地描述一下自己家乡吧！

丐小亥：有许多树，有许多花，有许多河，有一个美好的我。